用日本人的一天
學日文

前言

　　如果仔細觀察學習日文的人，可以發現他們總是使用類似的文法書、類似的單字書，大部分的人總是利用類似的教材和方法來學習語言。有些人可以突飛猛進，有些人卻是中途放棄，或是遲滯不前。也許可以達到目標的學習者，都是擁有相當大毅力的人吧！

　　中途放棄的學習者比達成目標的學習者還要多，我想這也許是理所當然的事情吧！

　　為什麼呢？當然是因為很無趣嘛！雖然一開始抱著很大的熱忱前進，但過一陣子後馬上就會失去那種興致了。為什麼呢？因為接觸的東西都是一模一樣的！不管是教材，還是學習方法都大同小異。當然，學習沒有所謂的王道。但至少不要讓自己感到厭煩，如果可以有趣地接觸日常生活中的常用的表現，不但不會失去自己對學習日文的興趣，更可以以輕鬆、好玩的方式，將日文變成自己的東西，那不是很好嗎？

　　為了學習者們著想，我強力推薦這本書！

這本日文學習書是這樣的！

1. 和我們日常生活有密切關聯的日文學習書

　　首先，這本書挑選出我們日常生活中經常會接觸到的表現用語，並引導學習者進行有意義的練習。和自己的日常生活相關的語句，不但不會感到生疏，更可以帶著興趣來學習，因為都是自己經常說的話，所以更能自然地反覆記憶在腦海中。

2. 由一天＋故事＋主角們的心裡話、自言自語、對話、動作等所組成的日文學習書

　　將和我們一樣平凡的桐谷小梅與田中直輝的一天生活分成23課，裡面記載著和「我」有密切關聯的事物、動作、狀況等的初、中級單字及表現。與書中的兩位主角一起體驗一整天的生活之後，你必定可以一個個記住和日常生活有關的日文。如果在「自己」一天的生活中，再次遇到那些用語時，請你和圖片一起回想然後在心裡講出來。這樣自己的日文能力必定可以突飛猛進。

3. 用圖片學習的日文學習書

　　大腦是由負責語言的邏輯性左腦和認知圖像與聲音的創意性右腦所組成的。很特別的一點是，右腦的記憶容量比左腦大了一百萬倍。因此，將要記憶的內容利用圖片來刺激右腦，藉此加深印象，這樣即使不用努力去背誦，也可以長久記憶在腦海裡。所以本書幫助讀者可以輕鬆透過圖片來聯想或記憶日文單字與句子。

4. 增強會話能力的日文學習書

　　為了初、中級的學習者，本書先提示了中文句子，並且設計成讓讀者自行思考這些句子的日文為何？然後試著完成整個句子。接下來去確認我想的日文是否正確、是否像日本人講的一樣道地，最後藉由複習問題，讓讀者回想所學的表現或單字，本書的設計就是為了要讓日文能長期保存在讀者的腦海裡。而且，本書主要是使用自然的會話體，讓讀者可以同時增進會話能力。

5. 藉由句子來學習的日文學習書

　　本書和單純只羅列單字的那種教材不同，而是藉由句子讓讀者熟悉單字。比起一律用個別背誦單字的方法學習，不如在句子中認識單字，藉由有意義的文脈幫助學習，這樣不但可以更容易記憶，更可以培養將單字正確應用在其他句子上的能力。因此，在背誦單字時，要從句子中學習，這是必須再三強調的一點。

　　對於想要征服日文的學習者們，這本書必定可以成為你有趣又愉快好朋友。

　　最後，我想向為了這本書費心費力的敏熙小姐、我永遠的摯友真善，還有我的母親獻上最深的感謝。

著者

請這樣活用本書！

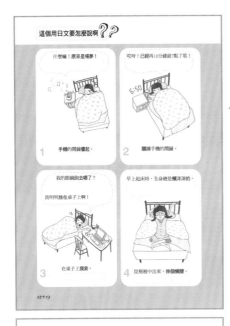

Step 1

這個用日文要**怎麼說**呢？

　　以主角們一天的生活為主軸，和圖片一起列出我們平時常做的一些動作、自言自語或對話等的中文。看著圖片的同時，一邊思考著色部分的日文該怎麼說之後，再將答案填入空格中。即使時間不長，也要培養用日文思考的習慣，這非常重要。要先試著自己動動腦，日文才會馬上變成自己的東西。

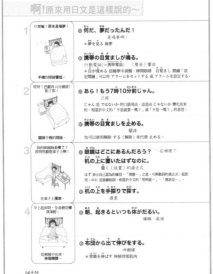

Step 2

原來用日文是這樣說的～

自 自言自語、思考、想法　**對** 對話　**動** 動作

　　這個單元是用來確認前面所寫的日文表現是否正確。核對好正確答案之後，請將一整句記憶下來。也請務必研讀上面的補充說明。在這一單元的左邊也可以看到前一單元的圖片，這樣的設計是為了像拍照片一樣，讓圖片深刻地烙印在讀者們的腦海中。利用這樣的圖像聯想學習法，你一定可以感覺到自己的左右腦同時在運作喔^^！將日文句子和圖片一起記憶下來之後，請一邊聽日文真人錄音的MP3，一邊跟著大聲朗讀吧！

Step 3

這個你**一定**要知道

　　除了前面所說明的單字外，同時也列出許多和主題相關的生活單字、情境會話例文等。請一邊配合圖片，一邊將單字確實記憶在腦海裡喔！也請一邊聽MP3，一邊大聲朗讀書中的單字及例句。

Step 4

找出隱藏在生活裡的單字

　　這個單元的設計是為了讓讀者可以透過實際的資訊，驗證前面所學的單字。在回答問題的同時，順便培養實戰日文的感覺。解答完問題之後，也請讀者務必詳細閱讀單字核對、日文文句、文句解析等部分。

Step 5

看圖**回答**問題

　　這個階段是為了再次複習前面所學的部分（動作）。透過將所學的日文表現寫出來，將其確實記憶在大腦裡。寫好答案之後，請在「原來用日文是這樣說的」的單元中確認您的答案是否正確，配合左方的圖片加深記憶，然後將正確答案大聲朗讀出來。

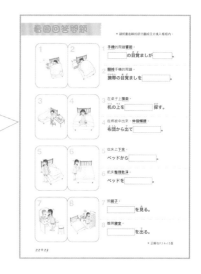

目錄

這本書的主角是？

你的生肖是？	老鼠 ねずみ
討厭的食物是？	鰻魚 うなぎ
你喜歡的食物是？	炸豬排 とんかつ
喜歡喝的飲料是？	烏龍茶 ウーロン茶（ちゃ）
你非常討厭的性格是？	自私（任性）的性格 わがままな性格（せいかく）
曾經很討厭的科目是？	數學 数学（すうがく）
小時候的夢想是？	老師 先生（せんせい）
喜歡的花是？	向日葵 ひまわり
興趣是？	料理 料理（りょうり）
如果你是支彩色蠟筆，會是什麼顏色？	粉紅色 ピンク色（いろ）
你床底下的物品是？	體重計 体重計（たいじゅうけい）
去年印象最深刻的事情是？	好朋友結婚 親友の結婚（しんゆう けっこん）
現在最想要的東西是？	錢 お金（かね）

桐谷小梅

＊あなたの干支（えと）は？ 　猪（いのしし）　猪

＊嫌（きら）いな食（た）べ物（もの）は？ 　胡蘿蔔　にんじん

＊好（す）きな食（た）べ物（もの）は？ 　御飯糰　おにぎり

＊好（す）きな飲（の）み物（もの）は？ 　可樂　コーラ

＊あなたが大嫌（だいきら）いな性格（せいかく）は？ 　急性子　短気（たんき）な性格（せいかく）

＊嫌（きら）いだった科目（かもく）は？ 　英文　英語（えいご）

＊子供（こども）の頃（ころ）の将来（しょうらい）の夢（ゆめ）は？ 　法官　裁判官（さいばんかん）

＊好（す）きな花（はな）は？ 　紫蘿蘭　すみれ

＊趣味（しゅみ）は？ 　玩遊戯　ゲーム

＊あなたがクレヨンなら何色（なにいろ）？ 　草綠色　緑色（みどりいろ）

＊あなたのベッドの下（した）にある物（もの）は？ 　垃圾桶　ゴミ箱（ばこ）

＊去年（きょねん）、一番印象（いちばんいんしょう）に残（のこ）った出来事（できごと）は？ 　温泉旅行　温泉旅行（おんせんりょこう）

＊今一番欲（いまいちばんほ）しいのは？ 　筆記型電腦　ノートパソコン

田中直輝

這是場夢？
還是現實呢？

昨天高中時代的朋友高校の時の友達說要介紹紹介不錯的人給我，我便赴約了。

簡直不敢相信信じられなかった！這根本就是我喜歡的型！私の理想のタイプ

他是個親切優しくて、有趣おもしろくて又開朗明るい的人。

而且それに，頭腦聰明又是個有錢人お金持ち。

臉蛋像是演日劇花樣男子花より男子的松本潤，歌也唱得很棒歌もうまかった。

他身高背180公分、有肌肉筋肉質而且也很有男子氣概男らしい。

最令我高興的是他也對我一見鍾情一目惚れした。

太幸福了幸せだ！

每天早上毎朝他都會打電話叫我起床，並且用那迷人セクシーな的嗓音向我道早安。

今天也是和往常一樣，響起了他的電話鈴聲電話のベルが鳴っている。

1

又是一天的開始

06:50 a.m. 我的房間

　　無情的鬧鐘聲，喚醒了原本還在睡夢中徘徊的桐谷小梅，「才剛夢到精彩的地方說…」。今天，她又開始了她一如往昔的日常生活。

什麼嘛！原來是場夢！

1 手機的鬧鐘響起。

哎呀！已經再10分鐘就7點了耶！

2 **關掉**手機的鬧鐘。

我的眼鏡跑去哪了？

我明明**放**在桌子上啊！

3 在桌子上**摸索**。

早上起床時，全身總是懶洋洋的。

4 從棉被中出來，伸個懶腰。

再這樣下去，上班就**要遲到了**。

5 　 從床上**下來**。

該買新的**枕頭套**了。

6 　 把床**整理乾淨**。

眼睛腫起來了耶！

7 　 **照鏡子**。

要去**沖個澡**。

8 　 **離開寢室**。

1

什麼嘛!原來是場夢!

手機的鬧鐘響起。

（自）何だ、夢だったんだ！
是場夢啊！
◆ 夢を見る 做夢

（動）携帯の目覚ましが鳴る。
行動電話（＝携帯電話） （聲音）響起
◆ 目が覚める 從睡夢中清醒、睜開眼睛　目覚まし 鬧鐘「設定鬧鐘」可以用 アラームをセットする 或 アラームを設定する。

2

哎呀!已經再10分鐘就7點了耶!

關掉手機的鬧鐘。

（自）あら！もう7時10分前じゃん。
已經

じゃん 是 ではないか 的口語用法，這是由 じゃないか 變化而來的，相當於中文的「不是就要…嗎?」或「不是…嗎?」的意思。

（動）携帯の目覚ましを止める。
關掉

也可以使用解除 する（解除）來代替 止める。

3

我的眼鏡跑去哪了?我明明放在桌子上啊!

在桌子上摸索。

（自）眼鏡はどこにあるんだろう？　在哪裡？
机の上に置いたはずなのに。
置く（放置）的過去式

はず 表示自己認為的確信，「理應…」之意。可與動詞的過去式一起使用；のに 是接續助詞，相當於中文的「明明就…」、「應該是…」。

（動）机の上を手探りで探す。
摸索

4

早上起床時，全身總是懶洋洋的。

從棉被中出來，伸個懶腰。

（自）朝、起きるといつも体がだるい。
慵懶、疲倦

（動）布団から出て伸びをする。
伸懶腰
◆ 背筋を伸ばす 伸展背部肌肉

5

再這樣下去，上班就**要遲到了**。

從床上**下來**。

（自）**これじゃ会社に遅れちゃう。**
　　　　　　　　　　要遲到了

〜ちゃう 是 〜てしまう 的口語用法，表示「不好的結果」
或有「遺憾」的意涵。

（動）**ベッドから出る。**
　　　　　　　　…出來（脫離出來）

6

該買新的**枕頭套**了。

把床**整理乾淨**。

（自）**新しい枕カバーを買おう。**
　　　　　　　　　枕頭套
◆ 低反発枕 記憶枕

（動）**ベッドをきれいにする。**
　　　　　　整理乾淨、乾淨俐落
◆ ベッドを整える 整理床鋪

7

眼睛**腫**起來了耶！

照**鏡**子。

（自）**目がぱんぱんに腫れている。**
　　　　　　　　腫起來了耶！（發腫）

是與 ぱんぱん 相似的表現用法，另外還有 ぶよぶよ（鬆弛浮腫
的樣子）、ぷっくり（鼓鼓、圓圓的澎起的樣子）等的用法。

（動）**鏡を見る。**
鏡子
◆ 姿見、全身鏡 全身鏡　全身が映る 看得見全身

8

要去沖個澡。

離開**寢室**。

（自）**シャワーを浴びよう。**
　　　　　要去沖澡了

浴びる 除了有「澆、遭受」的意思外，也有「被（灰塵、太
陽光線等）照射、曬」、「持續接收」等的意思。

（動）**寝室を出る。**
寢室

本立て
(ほん たて)

書靠、書檔 (=ブックエンド‹bookend›=ブックスタンド)

本が倒れちゃうから、本立てが必要だね。
(ほん たお) (ほん たて) (ひつよう)

因為書會倒下來，所以需要書檔。

本棚
(ほんだな)

書櫃

こんなに本がたくさんあるんだから、本棚をもう一個買おうよ。
(ほん) (ほんだな) (いっ こ か)

因為書這麼多，所以再買一個書櫃吧！

電気をつける/ 電気を消す
(でん き) (でん き け)

打開電燈／關掉電燈

暗いから電気つけてね。
(くら) (でん き)

因為很暗，開個燈吧！

延長コード
(えんちょう)

（電器用）延長線、連接電線

こたつのコードが短いので、延長コードを使わなきゃならない。
(みじか) (えんちょう) (つか)

被爐的電線很短，必須要使用延長線才行。

> **Tip** 被爐：是日本的室內暖氣裝置之一。桌子底下裝有暖氣裝置，並且在上面鋪上棉被等來使用。

コンセント

插座、插孔

あの部屋のコンセントにはノートパソコンが差し込めない。
(へ や) (さ こ)

那房間的插座不能插筆記型電腦。

布団（ふとん）

棉被、被子

布団（ふとん）畳（たた）んで押入（おしい）れにしまってくれる？
可以幫我把棉被摺好，放入壁櫥裡嗎？

- ◆ 羽根布団（はねぶとん） 羽絨被
- ◆ 掛（か）け布団（ぶとん） 被子（蓋的被子）
- ◆ 敷（し）き布団（ぶとん） 墊被

マットレス

床墊

軽（かる）い腰痛（ようつう）があるのでマットレスを買（か）い替（か）えようと思（おも）う。
因為有輕微的腰痛，所以打算買新床墊來更換。

収納（しゅうのう）ボックス

保管盒、收納箱 (=ストレージボックス‹storage box›)

衣類（いるい）や小物（こもの）の整理（せいり）にとても便利（べんり）な収納（しゅうのう）ボックス。
整理衣物或小物品用，很方便的收納箱。

あくび

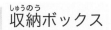

打哈欠

あくびって移（うつ）るって言（い）うけど、本当（ほんとう）？
聽說打哈欠會傳染，這是真的嗎？

- ◆ 移（うつ）る 搬移、傳染、移動

目（め）を擦（こす）る

揉眼睛

寝（ね）ぼけたような顔（かお）で目（め）を擦（こす）った。
一張還沒睡醒的臉，又揉眼睛。

※眼屎可以稱作目（め）くそ或目脂（めやに）；耳屎則是耳（みみ）くそ或耳垢（みみあか）；鼻屎稱作鼻（はな）くそ。

ぬいぐるみ

布娃娃

熊のぬいぐるみを窓際に飾っている。

熊娃娃裝飾在窗邊。

クローゼット(closet)

衣櫃

クローゼットの角にカビが生えました。

衣櫃的邊角上發霉了。

※抽屜稱作引き出し，主要用來收納衣物的抽屜櫃則稱為整理ダンス。

◆生える 生、長

迷う

猶豫、躊躇

どれを着ようか迷っている。

正猶豫不知道要穿哪件衣服好？

ハンガー(hanger)

衣架

滑らないハンガーを探しています。　◆滑る 滑動／從手中滑落

我正在找不易滑落的衣架。

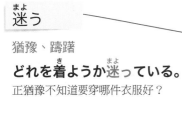

化粧台

化妝台

無くしたイヤリングの片方を化粧台の下で見つけた。

不見的耳環其中一隻在化妝台下找到了。

ゴミ箱

垃圾桶

いっぱいになったじゃん。ごみ箱ぐらい開けて。

都滿了嘛！清一清垃圾桶吧！

ブラインド(blind)

百葉窗

寒さを防ぐにはブラインド**よりカーテンがいいのでしょうか？**

以防寒的效果來看，窗簾會不會比百葉窗還好？

朝起きたら一番最初にやること

早上起床做的第一件事情

朝起きたらまず、パソコンの電源を入れる。

早上一起床，會先開電腦。

リュックサック(德語 rucksack)

背包

リュックサックを背負って満員電車に乗るのは迷惑でしょうか。 背著背包搭乘客滿的電車，會不會給人添麻煩？

◆**背負う** 背在肩上、背／擔負（責任等）

MP3プレーヤー

MP3播放器

MP3プレーヤーに音楽を入れたいんですが、どうやったらできますか？

我想將音樂裝入MP3播放器內，該怎麼做才好呢？

USBメモリー

USB隨身碟

USBメモリーのデータが自宅のパソコンで開けない。

USB隨身碟裡的資料沒辦法用家裡的電腦打開。

Tip 在日本有擴大使用外來語的趨勢。雖然不清楚其理由為何，可能是這樣講感覺上比較有學問。但在學習日文單字時，總是會覺得自己到底在學日文，還是在學英文？例如，衣架不會講え**もんかけ**大多講**ハンガー**；衣櫃不會講**たんす**大多講**クローゼット**；化妝台不會講**化粧台**大多講**ドレッサー**；西裝不會講**背広**大多講**スーツ**；運動鞋不會講**運動靴**大多講**スニーカー**。即使如此，年紀較大的長輩或部分的人們仍會使用這些表現用語，所以日本式的用語還是不能忽略。

1. 請問下列物品的用途為何？

| 單字核對

組合せ自由な 自由組合的

ごちゃごちゃ 凌亂、亂七八糟的模樣

ラック 置物架

スッキリ 乾淨俐落

| 文句解析

組合せ自由な収納BOX
自由組合的收納箱

ごちゃごちゃラックも… → スッキリ！
就連亂七八糟的置物櫃也…→乾淨俐落！

2. 請問下方包包的日文怎麼說？請從照片中找出，並且圈起來。

| 單字核對

新作 新作品　　リュック 背包

様々 各種　　　入荷中 進貨中

アイラブ I love　　特集 特集

| 文句解析

新作リュック様々入荷中
各種新製品背包進貨中

アイラブリュック特集
I love背包特集

3. 請問下方的物品為何？

｜單字核對

UVカットカバー付き 含防UV套

ハンガー 衣架　　回転 旋轉

直径 直徑　　　わずか 只不過、一點
　　　　　　　　　　　點、極小

小空間 小空間　着 件、套（衣類量詞）

衣類 衣物　　　掛かる 掛

｜文句解析

直径わずか1mの小空間に
就算在直徑只有1公尺的小空間裡

約70着もの衣類が掛かる！
可以掛大約70件的衣物！

4. 請問下者是何物的組合價格？

｜單字核對

布団カバー 被套

セット 套裝；組合

税込 含稅

看圖回答問題

◆ 請將畫底線的部分翻成日文填入框框內。

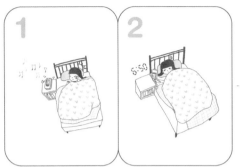

1 手機的鬧鐘響起。

　　　　　　　　の目覚ましが　　　　　　　。

2 關掉手機的鬧鐘。

携帯の目覚ましを　　　　　　　　。

3 在桌子上摸索。

机の上を　　　　　　　　探す。

4 從棉被中出來，伸個懶腰。

布団から出て　　　　　　　　。

5 從床上下來。

ベッドから　　　　　　　　。

6 把床整理乾淨。

ベッドを　　　　　　　　。

7 照鏡子。

　　　　　　　　を見る。

8 離開寢室。

　　　　　　　　を出る。

◆ 正解在P.14+15頁

22+23

2

早上盥洗一下，
　　　精神都來了

07:00 a.m. 浴室

　　因為今天是在新公司的第一天上班，所以讓田中直輝睡眠不足。為了以輕鬆的心情去上班，他決定要先沖個澡…。

該刷牙了。

1 在牙刷上擠上牙膏。

打開水

2 洗牙刷。

水氣把鏡子弄得霧霧的。

3 擦鏡子。

來刮鬍子吧！

4 把電鬍刀拿在手上。

水還是**開著**呢！

5 **關上水龍頭**。

最近頭髮**一直掉**呢！

6 **擦乾頭髮**。

今天**要不要試試換個髮型**呢？

7 **抹上髮膠**。

大概需要在浴室**放個芳香劑**了。

8 **打開循環扇**。

1

該刷牙了。

在牙刷上擠上**牙膏**。

（自）歯磨きをしよう。
刷牙

（動）歯ブラシに歯磨き粉をつける。
牙膏
「擠牙膏」叫做 歯磨き粉をしぼり出す。
◆ 電動歯ブラシ 電動牙刷

2

打開水

洗牙刷。

（自）水を出して、
打開水
◆ 水を止める 關上水

（動）歯ブラシを洗う。
洗

3

水氣把鏡子**弄得霧霧的**。

擦鏡子。

（自）湿気で鏡がくもってるじゃん。
變得霧霧的

くもってる 是由 くもっている 變化而來，意思為「變成霧霧的樣子」。
くもる 除了有「朦朧、變混濁」的意思外，也有「（天氣）陰」之意。

（動）鏡を拭く。
擦拭

4

來刮**鬍子**吧！

把**電鬍刀**拿在手上。

（自）髭を剃ってみようかな。
鬍子

（動）電気シェーバーを手に取る。
電動刮鬍刀
電動刮鬍刀也可以說成 電気剃刀, 電気髭剃り。

5

水還是**開著**呢！

關上**水龍頭**。

自 水<ruby>水<rt>みず</rt></ruby>を<ruby>出<rt>だ</rt></ruby>しっぱなしにしたんだ。放置不管

～っぱなし 為「置之不理、放置不管」的意思，主要在未去處理本來該做的事，或本該做完的事情，只是將事情放著置之不理時使用。以「動詞連用形＋っぱなし」的形態來使用，與「動詞過去式＋まま」的形態同義。

◆ ドアを<ruby>開<rt>あ</rt></ruby>けっぱなしにしないでね。＝ドアを<ruby>開<rt>あ</rt></ruby>けたままにしないでね。 別把門開著（就不關了）。

動 <ruby>蛇口<rt>じゃぐち</rt></ruby>を<ruby>締<rt>し</rt></ruby>める。

水龍頭

「打開水龍頭」可以說 <ruby>蛇口<rt>じゃぐち</rt></ruby>を<ruby>開<rt>あ</rt></ruby>ける 或 <ruby>蛇口<rt>じゃぐち</rt></ruby>をひねる。

6

最近頭髮一直**掉**呢！

擦乾頭髮。

自 <ruby>最近<rt>さいきん</rt></ruby>、<ruby>髪<rt>かみ</rt></ruby>の<ruby>毛<rt>け</rt></ruby>がよく<ruby>抜<rt>ぬ</rt></ruby>けるな…。

掉落／脫落／減少

◆ <ruby>脱毛<rt>だつもう</rt></ruby> 脫毛／掉髮 <ruby>髪<rt>かみ</rt></ruby>か<ruby>傷<rt>いた</rt></ruby>む 頭髮損傷

動 <ruby>髪<rt>かみ</rt></ruby>を<ruby>乾<rt>かわ</rt></ruby>かす。

弄乾

◆ <ruby>自然乾燥<rt>しぜんかんそう</rt></ruby> 自然乾燥

7

今天要不要試試**換個髮型**呢?

抹上髮膠。

自 <ruby>今日<rt>きょう</rt></ruby>はヘアスタイルをちょっと<ruby>変<rt>か</rt></ruby>えてみようかな。

（要不要）改變看看呢？

動 ヘアジェルをつける。

塗抹

8

大概需要在浴室放個**芳香劑**了。

打開循環扇。

自 トイレに<ruby>置<rt>お</rt></ruby>く<ruby>芳香剤<rt>ほうこうざい</rt></ruby>が<ruby>必要<rt>ひつよう</rt></ruby>かもな。

芳香劑

～かもな 是「搞不好、也許…」的意思，為 かもしれない 的簡略表現。

動 <ruby>換気扇<rt>かんきせん</rt></ruby>を<ruby>回<rt>まわ</rt></ruby>す。

打開循環扇

髪をとかす
梳頭髮

髪をとかします

ブラシで髪をとかすだけで髪の毛が抜けたりします。
一用梳子梳頭髮，就會掉頭髮。

髭を剃る
刮鬍子

髭を剃る時、手がすべってケガをした。
刮鬍子時手滑了一下，所以受傷了。

滑る
滑倒

浴室に滑り止めシールを貼ると滑りにくくて安全です。
如果在浴室貼上防滑貼，就比較不會滑倒安全多了。

◆ 滑りにくい 不易滑倒

口をすすぐ
漱口 (=口をゆすぐ)

食事のあとに口をすすぐだけでも虫歯予防になるの？
用餐後，只有漱口也可以預防蛀牙嗎？

◆ うがいをする 漱口

(使い捨て)コンタクトレンズ
（拋棄式）隱形眼鏡

一日中コンタクトレンズを付けっぱなしにするのは危険です。 一整天都戴著隱形眼鏡是很危險的。

シャンプーをする

洗頭髮 (=髪を洗う)

朝食は抜いてもシャンプーをするのは毎朝欠かさない。 就算沒吃早餐，每天早上也不會忘了洗頭。

◆ **欠かす** 遺漏、跳過

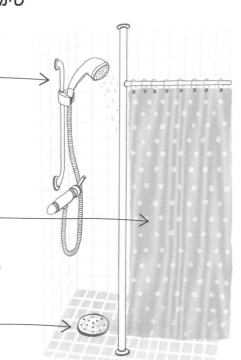

トイレの水を流す

沖馬桶

トイレの水を流すのを忘れる人もいる。

總是有些人會忘了沖馬桶。

◆ **便器** 馬桶

用を足す

上大號／小號

用を足すのは誰でもすることで、別に恥ずかしいことではない。

因為任何人都會大小便，所以不是什麼特別丟臉的事。

シャワーを浴びる

洗澡、淋浴

私は夜シャワーを浴びる方です。

我通常都是晚上洗澡。

◆ **シャワーヘッド** 蓮蓬頭

シャワーカーテン

淋浴簾

シャワーカーテンは週に2回洗濯してるよ。

淋浴簾一個星期要洗兩次。

排水溝

排水孔、排水溝

排水溝からゴキブリが出ました。

蟑螂從排水溝跑出來。

ボディーソープ

沐浴乳

このボディーソープ、桃の香りがするね。
這罐沐浴乳有水蜜桃的香味耶！

あかすりをする

去體垢

**体が温まった後、あかすりをする
と垢がよくとれる。**
如果等身體變熱後再去除角質或體垢，會
比較容易脫落。

◆垢 垢、髒東西

石鹸

肥皂

乾燥肌に使う石鹸を探してるの。
我在找乾燥膚質使用的肥皂。

泡を立てる

起泡沫

**石鹸は泡を立てることで洗浄力が増すそ
うだ。** 聽說將肥皂搓出泡沫，可以增加洗淨力。

◆増す 增加、增多

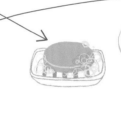

浴用スポンジ

沐浴用海綿

**浴用スポンジはお風呂場にさげておいても水切れ
が良いのでカビ臭くならない。**
即使將沐浴用的海綿掛在浴室裡，因它容易蒸發水氣的特性，
所以不會有霉味。

◆カビ臭い 起霉味
◆浴用タオル 浴巾

入浴剤 にゅうよくざい

入浴劑

最近入浴剤を入れてお風呂に入るのにはまっている。

最近愛上（在浴缸中）加入浴劑來泡澡。

◆ はまる 迷戀上某事
　ゲームにはまっている。沉迷於遊戲。

半身浴 はんしんよく

半身浴

ダイエットのために半身浴をしている。

為了減肥泡半身浴。

泡風呂 あわぶろ

泡泡浴

普通のボディーソープでも泡風呂はできるのかな…

用普通的沐浴乳也可以做成泡泡浴嗎？

ユニットバス

具備洗手台、浴缸、馬桶等衛浴設備的浴室

ユニットバスのある部屋に引っ越してきました。

我搬來有衛浴設備廁所的房間了。

Tip 一般的日本式家庭房子，洗手室、廁所、
浴室個別分開的情況很多。

浴槽 よくそう

浴缸

浴槽の掃除は本当に面倒くさいよ。

清理浴缸真的很麻煩。

お風呂に入る ふろ　はい

洗澡

うちの子はお風呂に入るのを嫌がって困っている。

我家孩子討厭洗澡，真傷腦筋。

◆ 嫌がる 討厭　嫌う 討厭、不願意

1. 下列物品的用途為何？

| 單字核對

は		は	

歯 牙齒　　　　　　歯ぐき 牙齦

薬用成分配合 添加藥用成分

歯周炎 牙周炎　　　歯周病 牙周病

歯石沈着 齒垢堆積　歯肉炎 牙齦發炎

| 文句解析

歯と歯ぐきのトータルケアに(9種の薬用成分配合)
針對牙齒與牙齦的整體照顧（添加９種藥用成分）

クリーンデンタル EX
Dentor Clear EX

歯周病(歯周炎・歯肉炎)歯石沈着の予防に
預防牙周病（歯周炎・牙齦炎）、齒垢堆積

2. 下圖用日文要怎麼說呢？

3. 下文是使用照片內物品的人們所寫的使用心得。請問這是什麼東西呢？

お肌の潤い感には満足です！（20幾歲女性）

刺激が少ない。（30代女性）

お肌が白くなったような気がします。（30代女性）

ナチュラルっぽいのがOKかな？（20代女性）

┃單字核對		┃文句解析
肌 皮膚	潤い感 保濕力	對皮膚的保濕感到很滿意！（很棒！） （20幾歲女性）
満足 滿足	刺激 刺激	低刺激。（30幾歲女性）
ナチュラルっぽい 接近自然的；天然的		感覺到皮膚好像變白了。（30幾歲女性） 請求天然的感覺一定就OK嗎？

4. 下圖的廁所腳踏墊有什麼優點呢？請從照片中找出，並且圈起來。

┃單字核對
オリジナル 獨創
すべりにくい 不易滑倒
普通 普通
カバー 套
マット[mat] 腳踏墊

Answer：1. 歯磨き粉 牙膏　2. 浴槽 浴缸　3. 石鹸 肥皂　4. すべりにくい 不易滑倒

看圖回答問題

◆ 請將畫底線的部分翻成日文填入框框內。

1 在牙刷上擠上**牙膏**。

歯_はブラシに ＿＿＿＿＿＿＿ をつける。

2 **洗**牙刷。

歯_はブラシを ＿＿＿＿＿＿＿ 。

3 **擦**鏡子。

鏡_{かがみ}を ＿＿＿＿＿＿＿ 。

4 把**電鬍刀**拿在手上。

＿＿＿＿＿＿＿ を手_てに取_とる。

5 關上**水龍頭**。

＿＿＿＿＿＿＿ を閉_しめる。

6 **擦乾**頭髮。

髪_{かみ}を ＿＿＿＿＿＿＿ 。

7 **抹上**髮膠。

ヘアジェルを ＿＿＿＿＿＿＿ 。

8 **打開**循環扇。

＿＿＿＿＿＿＿ 。

◆ 正解在P.26+27頁

3

今天穿什麼好呢？

07:20 a.m. 上班前的準備

　　每天早上都有「要穿什麼好呢？」的煩惱，真是奇怪。桐谷小梅今天特別用心打扮，她帶著不久前剛買的夾克出門，準備要在下班後更換。

きょう 今天體感溫度很低呢！
今時 体感温度が 低くいなぁ

會有點冷呢！
ちょっと また 肌寒いかもなぁ

看氣象報告。
1 天気予報を確認する.

今日 今天我要穿漂亮的衣服去。
きれな 服を着ていこう

這件是我喜歡的女用襯衫。
これはわたしお気にいりのブラウス

穿上女用襯衫。
2 ブラウスを着る

和這件裙子很相配。
このスカートとよくあっている

拉上裙子的拉鍊。
3 スカートのファスナーをあげる

穿上這件夾克後，會比較溫暖吧。
このジャケットを着たら 温たかい
あった ぎろうね

扣上夾克的釦子。
4 ジャケットのボタンをとめる
留.

36+37

◆ 請試著想想看用螢光筆標示出的部分日文該怎麼說，再將答案寫在框框裡

哎呀！絲襪脫線了耶！

ストッキングが伝線しゃたん

5 換另一雙絲襪穿す

ストッキングを履き替える

我的手提包放在哪了？

わたしのハンドバクがどこにおいたっけ

6 找手提包。さが

ハンドバクを探す

鞋帶鬆掉了嘛！

くつ 靴の紐がほどけてるぜん

7 繫好鞋帶。

靴の紐をむすぶ

這樣上班前的準備就完成了

これで出勤の支度が終了

8 走出家門。

家を出る

3 上班前的準備

1

今天**體感溫度**很低呢！
會有點冷呢！

看**氣象報告**。

(自) 今日は<ruby>体感温度<rt>たいかんおんど</rt></ruby>が<ruby>低<rt>ひく</rt></ruby>いなぁ。ちょっと<ruby>肌寒<rt>はだざむ</rt></ruby>い
かもなぁ。 體感溫度　　　　　　　　　　涼颼颼

<ruby>肌寒<rt>はだざむ</rt></ruby>い 的意思為「由皮膚所感受到的寒意」，用中文說大致
上有「寒風刺骨」的意思。另外，ひんやりする（寒冷）也
是類似的表現，最好是一起記下來。

(動) <ruby>天気予報<rt>てんきよほう</rt></ruby>を<ruby>確認<rt>かくにん</rt></ruby>する。

天氣預報；氣象報告

2

今天我要穿**漂亮的**衣服
去。這是我**喜歡的**女用
襯衫。

穿上短衫。

(自) 今日はきれいな<ruby>服<rt>ふく</rt></ruby>を<ruby>着<rt>き</rt></ruby>て<ruby>行<rt>い</rt></ruby>こう。 漂亮的
これは<ruby>私<rt>わたし</rt></ruby>のお<ruby>気<rt>き</rt></ruby>に<ruby>入<rt>い</rt></ruby>りのブラウス。

喜歡的物品或人物
<ruby>気<rt>き</rt></ruby>に<ruby>入<rt>い</rt></ruby>り 是意為「喜歡的物品或人物」的表現，是 <ruby>気<rt>き</rt></ruby>に<ruby>入<rt>い</rt></ruby>る（喜
歡、滿意）的名詞形。◆ お<ruby>気<rt>き</rt></ruby>に<ruby>入<rt>い</rt></ruby>りの<ruby>曲<rt>きょく</rt></ruby> 喜歡或滿意的歌曲

(動) ブラウスを<ruby>着<rt>き</rt></ruby>る。
穿

3

和這件裙子很**相配**。

拉上裙子的拉鍊。

(自) このスカートとよく<ruby>合<rt>あ</rt></ruby>ってる。
合適、協調

(動) スカートのファスナーを<ruby>上<rt>あ</rt></ruby>げる。
拉上拉鍊

ファスナー(fastener)也可以講成 チャック 或 ジッパー。チャッ
ク 是日本的品牌名，ジッパー 是美國的品牌名。兩者與談論 "吃
麥當勞"（事實上是指 "吃漢堡" 等食品），有異曲同工之妙。

4

穿上這件夾克後，
會比較溫暖吧。

扣上夾克的釦子。

(自) このジャケットを<ruby>着<rt>き</rt></ruby>たら<ruby>温<rt>あった</rt></ruby>かいだろうね。
會變溫暖

<ruby>温<rt>あった</rt></ruby>かい（溫暖、熱）和 <ruby>温<rt>あたた</rt></ruby>かい 一樣的意思，使用於會話中的
口語體。

(動) ジャケットのボタンを<ruby>留<rt>と</rt></ruby>める。 戴、扣（鈕釦）
◆ ピンで<ruby>留<rt>と</rt></ruby>めるタイプのニットカーディガン。
別針扣式針織羊毛衫

5

哎呀！絲襪**脫線**了耶！

換另一雙絲襪穿。

自 あら！ストッキングが伝線(でんせん)しちゃった。

　　　　　　　　脫線、線條裂開

動 ストッキングを履(は)き替(か)える。

　　　　　　　　換穿

若是由腳往上穿，就要使用 履く（穿鞋子、褲、裙）來表現。

◆ ズボンを履(は)く 穿褲子　　靴(くつ)を履(は)く 穿鞋子

6

我的手提包**放在哪**了？

找手提包。

自 ハンドバックはどこに置(お)いたっけ？

　　　　　　　　　　放在哪了呢？

「っけ」是連接在句子尾端的助詞，使用在詢問或確認原先
忘記的事或不清楚的事的時候。

動 ハンドバックを探(さが)す。

　　　　　　　　找尋

7

鞋帶**鬆掉**了嘛！

繫好鞋帶。

自 靴(くつ)の紐(ひも)が解(ほど)けて(い)るじゃん。

　　　　　　鬆掉、被解開

解(ほど)ける 是解開被綁住或纏繞在一起的東西（↔ 結(むす)ぶ）／解開
心結、放鬆心情

◆ 糸(いと)が解(ほど)ける 解開線條　　緊張(きんちょう)が解(ほど)ける 放鬆緊張情緒

動 靴(くつ)の紐(ひも)を結(むす)ぶ。

　　　　　　綁繩子

8

這樣上班前的**準備**
就完成了。

走出家門。

自 これで出勤(しゅっきん)の支度(したく)終(お)わり！

　　　　　　　準備、（外出的）服裝準備

◆ 彼女(かのじょ)はいつも支度(したく)が長(なが)いんだよね。 她準備的時間總是很長。

動 家(うち)を出(で)る。 離開家裡；出門

雖然家(いえ)、家(うち)都是意旨「家」的單字，家唸 いえ 時，意指「建築
物、家庭、家族」等，其涵蓋範圍很廣；家唸 うち 時，是會話
體的表現，其概念也包含了住在家裡的人們，所以表示「我家
（我們家）」的意涵相當強烈。

<ruby>大雨<rt>おおあめ</rt></ruby>

豪雨、暴雨 (=<ruby>豪雨<rt>ごうう</rt></ruby>)

<ruby>大雨<rt>おおあめ</rt></ruby>で<ruby>被害<rt>ひがい</rt></ruby>が<ruby>出<rt>で</rt></ruby>ているところもあるようです。

好像有因豪雨而受災害的地方。

◆ <ruby>大雨注意報<rt>おおあめちゅういほう</rt></ruby> 豪雨特報

<ruby>雷<rt>かみなり</rt></ruby>

雷

<ruby>雷<rt>かみなり</rt></ruby>が<ruby>鳴<rt>な</rt></ruby>ると<ruby>怖<rt>こわ</rt></ruby>くて<ruby>何<rt>なん</rt></ruby>にもできない。

只要一打雷就會很害怕,什麼事都做不好。

<ruby>洪水<rt>こうずい</rt></ruby>

洪水

<ruby>大雨<rt>おおあめ</rt></ruby>、<ruby>洪水<rt>こうずい</rt></ruby><ruby>警報<rt>けいほう</rt></ruby>が<ruby>出<rt>で</rt></ruby>ました。

發布了暴雨、洪水警報。

<ruby>稲妻<rt>いなずま</rt></ruby>

閃電

<ruby>突風<rt>とっぷう</rt></ruby>が<ruby>吹<rt>ふ</rt></ruby>き、<ruby>稲妻<rt>いなずま</rt></ruby>が<ruby>光<rt>ひか</rt></ruby>る。

突然刮起強風又閃電。

<ruby>気象<rt>きしょう</rt></ruby>キャスター

氣象播報員

NHK<ruby>気象<rt>きしょう</rt></ruby>キャスターになるのが<ruby>子供<rt>こども</rt></ruby>の<ruby>頃<rt>ころ</rt></ruby>から<ruby>夢<rt>ゆめ</rt></ruby>だった。

當上HNK氣象播報員,是我小時候的夢想。

にわか<ruby>雨<rt>あめ</rt></ruby>

陣雨

にわか<ruby>雨<rt>あめ</rt></ruby>は<ruby>突然<rt>とつぜん</rt></ruby><ruby>降<rt>ふ</rt></ruby>り<ruby>出<rt>だ</rt></ruby>してすぐに<ruby>止<rt>や</rt></ruby>んでしまう。

陣雨會突然開始下,然後一下子就會停。

日が昇る
ひ のぼ

太陽升起 (=日が出る)
ひ で

日が昇るのが早くなったな、もうすぐ春だなぁ。
ひ のぼ はや はる

太陽升起的時間變早了。馬上就要春天了呢！

◆日が沈む 太陽落下；日落；天黑 (=日が落ちる)
ひ しず ひ お

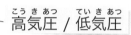

高気圧 / 低気圧
こう き あつ てい き あつ

高氣壓／低氣壓

この低気圧の通過後にはまた移動性高気圧がや
てい き あつ つう か ご い どうせいこう き あつ

って来ます。
き

這個低氣壓通過後，又會有移動性的高氣壓接近。

蒸し暑い
む あつ

悶熱

蒸し暑い夏が続いている。
む あつ なつ つづ

悶熱的夏天持續著。

涼しい
すず

涼快、涼爽

夏用の涼しいスーツ。
なつよう すず

夏天穿的涼爽正式服裝（西裝或套裝）。

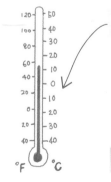

氷点下
ひょうてん か

零下

4月なのに今朝の気温は氷点下2度だった。
がつ け さ き おん ひょうてん か ど

明明已經是四月了，今天早晨的溫度卻零下2度。

大雪
おおゆき

暴雪；大雪

大雪のため車が埋まってしまった。
おおゆき くるま う

因為大暴雪的關係，車子都被埋沒了。

ワイシャツ

襯衫

このワイシャツ、アイロンがちゃんとかかっていない。
這件襯衫不太好熨燙。

スーツ

正式服裝（西裝或套裝）

面接用（めんせつよう）の新（あたら）しいスーツがほしい。
想買面試用的新西裝。

ジーパン

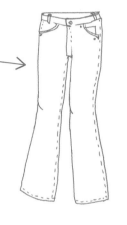

牛仔褲 (=ジーンズ)（源於jeans pants的日式英語）

パーティーにジーパンで行（い）くのはちょっとまずい。
穿牛仔褲去參加派對有點不恰當。

※也可以表記成「Ｇパン」

◆ ブーツカットジーンズ 靴型牛仔褲
　ブーツカットジーンズは脚（あし）が長（なが）く見（み）える。
　靴型牛仔褲可以讓腿看起來比較長。

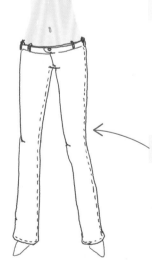

地味（じみ）だ

樸素 (↔ 派手（はで）だ 華麗)
彼女（かのじょ）は若（わか）いのに地味（じみ）な色（いろ）の服（ふく）しか着（き）ない。
她明明還很年輕，卻只穿素色的衣服。

◆ ださい 俗氣、不好看

スキニージーンズ

緊身牛仔褲 (=スキニー)
スキニーはスタイルがよくないと余計（よけい）に足（あし）が太（ふと）く見（み）える。
如果身材不好的人穿緊身牛仔褲，反而會讓腿顯得更粗。

袖無し

無袖

今日はピンクの袖無しワンピースを着て行こう。

今天要穿粉紅色的無袖洋裝出門。

タンクトップ
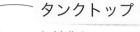

無袖背心

長袖のTシャツが少し透けるような感じなのでタンクトップを着ようと思う。

因為長袖T恤好像有點透明的感覺，所以想穿無袖背心。

ショートパンツ

短褲（熱褲）

友達は今日ショートパンツにレギンスを履いている。

朋友今天在短褲內穿了內搭褲。

下着

内衣

ホームショッピングで下着を購入したがサイズが合わない。

在網路購物上買了內衣，但尺寸不合。

ストール

又窄又長的女用披肩

コートに似合うストールの巻き方を教えてあげる。

我教你圍出搭配大衣的披肩圍法。

ジャージ

以平針織法製造的衣料製成具有伸縮及彈性的運動衫（jersey）

おしゃれな人<ruby>も<rt></rt></ruby>ジャージやスウェットを普段着にしてる。

時髦的人也會將運動衫或毛線衣當作休閒服來穿。

◆ジップアップトレーナー 拉鍊式運動服
◆フード(付き)トレーナー 厚帽Ｔ

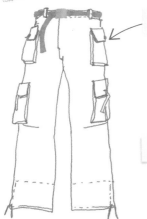

カーゴパンツ

工作褲

男女兼用カーゴパンツです。

這是男女都可以穿的工作褲。

靴下

襪子

靴下が安かったので10足も買ってしまった。

因為襪子很便宜，所以買了10雙。

ビーチサンダル

涼鞋（＝夾腳拖鞋、人字拖）

ビーチサンダル履くたびに足が水ぶくれだらけになる。

每次穿夾腳拖鞋的時候，腳都會起水泡。

※**草履** 意指日本的傳統鞋子「草鞋」。

スニーカー

有橡膠鞋底的運動鞋（sneakers）

スキニーデニムにスニーカーはおかしいかなあ。

緊身牛仔褲配上運動鞋很奇怪吧？

1. 請問下方的廣告中,以特別價格進行販賣的東西是什麼?

單字核對	文句解析
会員様(かいいんさま) 會員	限定會員
限定(げんてい) 限定	登入之後,從今天開始享受超特價
超特価(ちょうとっか) 超特價	打5~1折
特別価格(とくべつかかく) 特別價	特別價
下着(したぎ) 内衣	内衣區

(手寫) かいさまげんてい 会員様限定 超う特価

(手寫) ぜんこくばん

2. 請問下方是什麼圖?

全国版 〉週間予報 〉週間天氣予報

單字核對
全国版(ぜんこくばん) 全國地區
週間予報(しゅうかんよほう) 一週預報
週間天気予報(しゅうかんてんきよほう) 一週天氣預報

3. 請問在下方的廣告中,販賣三種商品所組合的商品。那三個商品為何?

單字核對	文句解析	
ジャケット 夾克	3点(てん)セット	三件組合價
スカート 裙子	¥9,990(税込)(ぜいこみ)	9990日圓(包含稅金)
パンツ 短褲	ジャケット×スカートで	以夾克*裙子
	デキル女風(おんなふう)に即変身(そくへんしん)!	立即變身為美麗的淑女風!

◆ 請將畫底線的部分翻成日文填入框框內。

1 看氣象報告。
　　てんきよほう　かくにん
　　 天気予報 を確認する。

2 穿上女用襯衫。
　　ブラウスを 着る 。

3 拉上裙子的拉鍊。
　　スカート
　　スカートの ファスナーをあげる

4 扣上夾克的釦子。
　　ジャケットのボタンを とめる 。
　　ジャケットのボタンを　留.

5 換另一雙絲襪穿。　　↗衣服上衣.
　　ストッキングを 着がえます 。
　　ストッキング　履きかえる→腰以下
　　は　　　　　　履き.

6 找手提包。
　　ハンドバックを 探す 。

7 繫好鞋帶。
　　くつ　　ひも
　　靴の 紐をむすぶ 。

8 走出家門。
　　 家を出る 。

◆ 正解在P.38+39頁

46+47

07:45 a.m. 上班的路上

每天早晨必定經歷的通勤戰爭。桐谷小梅懷抱著搞不好今天搭車可以坐到位子的渺小希望，但能夠信任的就只有她那結實的雙腿。

1　走下公車。

2　走行人穿越道。

3　通過剪票口。

4　很多乘客下車。

不好意思，借過！

5　把人群**撥開**通過。

這位大叔**嘴巴張開**在睡覺呢！

那位學生**讓位給**老奶奶呢！

6　抓住**手拉環**。

在**下一站**下車吧。

7　**倚靠**電車門。

這樣一直走，就是**西邊的出口**。

8　告訴阿姨出口的方向。

1

換搭電車吧!

走下公車。

- 自 **電車に乗り換えよう。**

  換乗

  乗り換えよう 是 乗り換える（轉乘）和助動詞 ～よう
  （做～吧！）所結合的表現。

- 動 **バスを降りる。**

  走下公車

  ◆ バスに乗る 搭公車

2

綠燈亮起。
擅自闖紅燈很危險。

走行人穿越道。

- 自 **青信号に変わった。** ← 横跨、穿越
  信号を無視して道路を横断するのは危ないよ。

  「亮起黃燈」稱為 (信号が)黄色になる，黄色信号 只使用在
  比喻「健康亮起黃燈」的表現上。「擅自橫越」則表示無視紅
  綠燈地穿越道路。 ◆ 赤信号 紅燈

- 動 **横断歩道を渡る。**

  行人穿越道

3

電車進站了!

通過剪票口。

- 自 **電車がホームに入ってくる！**

  進來了。

- 動 **改札口を通る。**

  剪票口

4

我一直都搭乘第一節
車廂。

很多乘客下車。

- 自 **私はいつも一番前の車両に乗る。**

  第一節車廂

  一番前の車両 意指「最前面的車輛」。

- 動 **たくさんの乗客(たち)が電車から降りる。**

  乗客們

5

不好意思，借過！

把人群**撥開**通過。

對 すみません、ちょっと通^{とお}ります！

借過一下！

動 人々^{ひとびと}を掻^かき分^わけて行^いく。

撥開、區分開

6

這位大叔**嘴巴張開**在睡覺呢！那位學生**讓位**給老奶奶呢！

抓住**手拉環**。

自 このおじさん、口^{くち}を開^あけて寝^ねている。

嘴巴張開

あの学生^{がくせい}はおばあさんに席^{せき}を譲^{ゆず}ってるのね。

讓位呢！

動 吊^つり革^{かわ}につかまる。

（電車、公車的）手拉環

有「抓住」意含的詞彙有 つかむ 和 つかまる 兩種，若「抓住」有為了維持平衡而倚靠的意涵，則要使用「〜につかまる」的形態，這裡要特別注意。

7

在下一站下車吧。

下一站 原宿

倚靠電車門。

自 次^{つぎ}の駅^{えき}で降^おりよう。

下一站

動 電車^{でんしゃ}のドアに寄^より掛^かかる。

倚靠／依賴、依託

8

這樣一直走，就是**西邊的出口**。

出口 →

告訴阿姨出口的方向。

對 このまままっすぐ行^いけば西口^{にしぐち}です。

西邊出口

動 おばさんに出口^{でぐち}を教^{おし}えてあげる。

指導（告訴）別人

◆ 入口^{いりぐち} 入口

網棚（あみだな）

網架（在電車或公車內的座位上方，讓乘客放置攜帶物品的架子）

電車の網棚（あみだな）に新聞（しんぶん）が置（お）いてある。

電車的網架上放著報紙。

※不管是鐵製的還是網子做的，一律稱為網棚。

手すり（て）

欄杆、扶手

やむをえず急停車（きゅうていしゃ）する場合（ばあい）がございますので、手（て）すりにおつかまりください。

由於不時（為了預防）可能會發生緊急煞車的情況，所以請抓好扶手。

うとうとする

迷迷糊糊打瞌睡

電車（でんしゃ）の中（なか）でうとうとしてしまった。

在電車裡睡迷糊了。

乗（の）り過（す）ごす

坐過頭 (=乗（の）り越（こ）す)

うちの主人（しゅじん）は飲（の）んだ後（あと）は必（かなら）ず電車（でんしゃ）を乗（の）り過（す）ごす。

我老公只要一喝酒，就一定會坐過頭。

※うち 不只有「家」的概念，也使用在「我的、我們的」的概念上。

～行き

開往～

大阪行きの新幹線。 開往大阪的新幹線。

地下鉄路線図

地鐵路線圖

東京の地下鉄路線図を全部覚えている。

東京地鐵路線圖全部都記在腦海裡。

女性専用車両

女性專用車廂

女性専用車両に男の人が乗っている。

有男人搭乘在女性專用的車廂裡。

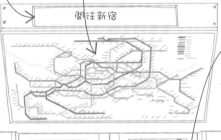

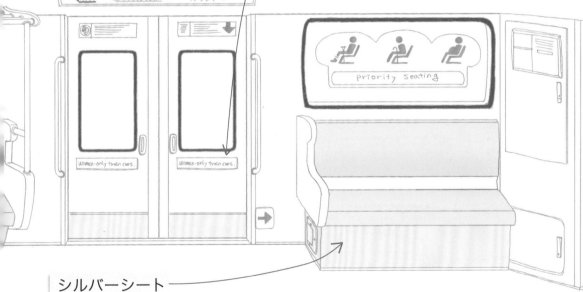

シルバーシート

博愛座（專設給老人或身體不便者坐的位置）= 優先席

若い人がシルバーシートに座って平然としている。

年輕人坐在博愛座上，仍一副理所當然的樣子。

◆ **平然** 泰然、冷靜、淡然

電車が止まる

（電車）停止、停下

よく人身事故などで電車が止まる。

經常有撞人肇事等的原因，致使電車停下來。

初乗り(料金)

基本費用

タクシーの初乗り料金はいくらですか？

計程車的基本費用是多少錢？

下車

下車

何という名前のバス停で下車すれば辿り着きますか？

我該在哪個站名的公車站下車，才可以抵達呢？

◆辿り着く 好不容易才抵達。

時刻表

時刻表

時刻表があると便利だ。

如果有班車時刻表的話，就方便多了。

通勤する

通勤

健康のため自転車で通勤しようと思う。

為了健康，我想要騎腳踏車通勤。

◆ため 為了〜（目的）

すり

扒手

すりに気をつけてね。

要小心扒手。

酔い止めの薬

暈車藥

バス酔いする私は、高速バスに乗る前に、ちゃんと酔い止めの薬を飲んだ。

坐公車容易暈車的我，在搭高速巴士之前，有先吃暈車藥。

自動券売機
（じどうけんばいき）

自動販賣機
切符を自動券売機で購入した。
（きっぷ）（じどうけんばいき）（こうにゅう）
利用自動販買機買票。

ダイヤ

（鐵路）行車時間表 (=ダイヤグラム‹diagram›)
交通事情により、ダイヤが乱れることが
（こうつうじじょう）（みだ）
あります。
有時因為交通狀況的關係，會有行車時間混亂的情形。

◆**乱れる** 混亂、錯亂
（みだ）

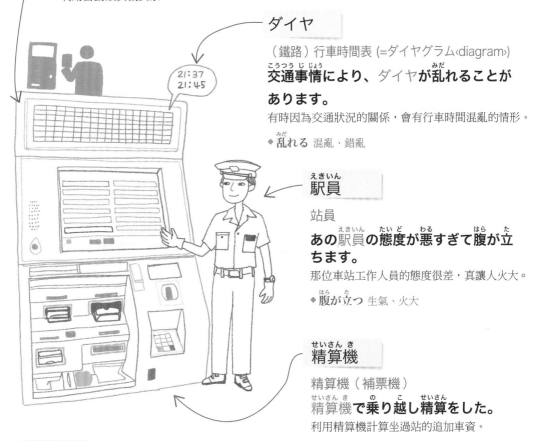

駅員
（えきいん）

站員
あの駅員の態度が悪すぎて腹が立
（えきいん）（たいど）（わる）（はら）（た）
ちます。
那位車站工作人員的態度很差，真讓人火大。

◆**腹が立つ** 生氣、火大
（はら）（た）

精算機
（せいさんき）

精算機（補票機）
精算機で乗り越し精算をした。
（せいさんき）（の）（こ）（せいさん）
利用精算機計算坐過站的追加車資。

割引料金
（わりびきりょうきん）

折扣費用
往復、新幹線を使うと割引料金になりますか？
（おうふく）（しんかんせん）（つか）（わりびきりょうきん）
搭乘新幹線若購買來回票，會有折扣嗎？

定期券
（ていきけん）

定期票券
定期券を紛失して、新しく買った。もったいない〜！
（ていきけん）（ふんしつ）（あたら）（か）
因為弄丟定期票，所以買了新的。真可惜〜！

窓口
まどぐち

窓口

窓口の業務は何時までですか？
まどぐち　ぎょうむ　なんじ

窓口受理時間到幾點呢？

運賃
うんちん

車費

特急列車の運賃が半額になる。
とっきゅうれっしゃ　うんちん　はんがく

特快列車的車費降為半價。

ただ乗り
の

坐霸王車

最近電車のただ乗りをする人が多い。
さいきんでんしゃ　の　ひと　おお

最近電車裡坐霸王車的人很多。

乗換駅
のりかええき

轉運站

乗換駅で標識をみても分かりにくくて迷ってしまった。
のりかええき　ひょうしき　わ　まよ

在轉運站看了標示仍看不懂，所以就迷路了。

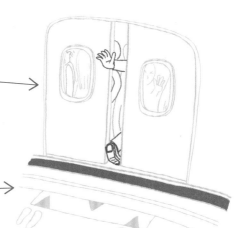

満員電車
まんいんでんしゃ

客滿的電車

本当にいやだ、地獄の満員電車！
ほんとう　じごく　まんいんでんしゃ

真的很討厭，電車客滿時像擠沙丁魚（地獄）般難受。

乗り場
の　ば

月台（搭車的場所）

3番乗り場にまもなく列車が入ります。
ばん の　ば　れっしゃ　はい

危険ですから黄色い線の内側までお下がりください。(列車案内放送)
きけん　きいろ　せん　うちがわ　さ　れっしゃあんないほうそう

3號月台馬上有電車要進站了。為了維護您的安全，請退至黃色警戒線的後方。（列車站內的廣播）

忘れ物センター
わす　もの

遺失物服務中心

車内で忘れ物をしました。
しゃない　わす　もの

忘れ物センターの電話番号を知りたいんですが。
わす　もの　でんわばんごう　し

我在車內把物品弄丟了，我想要詢問遺失物服務中心的電話號碼。

痴漢
ちかん

變態；色狼

通勤の満員電車で痴漢に遭った。
つうきん　まんいんでんしゃ　ちかん　あ

我在上班途中的客滿電車裡遇到色狼。

尋找隱藏在 ★生活裡的單字

1. 請問下圖是有關什麼的圖片？請從圖片中找出答案，並且寫出來。

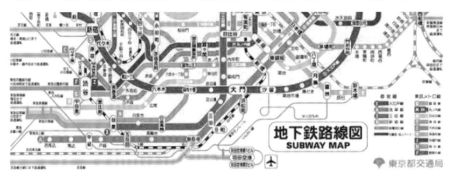

2. 請問下圖照片中，這個畫在地上讓行人穿越馬路的白色線條稱為什麼？

おんだんほうと（✗）

おうだんほどう（○）

3. 如下方的照片，請問進入月台前驗證地鐵車票的入口稱之為什麼呢？

JR宮原駅
JR宮原站

改札口
かいさつ くち
ぐち

Answer：1. (東京の)地下鉄路線図 （東京）地鐵路線圖　2. 横断歩道 人行穿越道　3. 改札口 剪票口

看圖回答問題

◆ 請將畫底線的部分翻成日文填入框框內。

1 **走下公車**。

バスをおりる
。

2 走**行人穿越道**。

おうだんほどう
を渡^{わた}る。

3 通過**剪票口**。

かいさつぐち
を通^{とお}る。

4 很多**乘客**下車。

たくさんの | しょっきゃく たち | が電車^{でんしゃ}
から降^おりる。

たち

5 把人群**撥開**通過。

人々^{ひとびと}を | かきわけて | 行^いく。

掻きわけ

6 抓住**手拉環**。

| てフリ | につかまる。

てフリにつかまる

7 **倚靠**電車門。

よ

電車^{でんしゃ}のドアに | 寄りカかる |。

8 **告訴**阿姨出口的方向。

おし

おばさんに出口^{でぐち}を | 教えて女ける |。

◆ 正解在P.50+51頁

07:40 a.m. 自行開車

開車上班途中的田中直輝，能不能在東京市區複雜的路況中順利地開車呢？

趁路上塞車之前，快走吧！

1 繫上安全帶。

明天要去加油站洗車才行。

2 發動車子。

哎呀！道路在施工啊！

3 繞路走。

在這裡左轉吧！

4 開方向燈。

是違規（超速）監視器！

限制速度是50公里。

5 　慢慢通過減速坡。

黃燈了。

6 　放慢速度。

已經是紅燈了，那台車還繼續開。喂！

7 　變成紅燈後，把車停下來。

我要把車停在這裡。

8 　將汽車熄火。

1
趁路上塞車之前，
快走吧！

繫上安全帶。

（目）**道が込む前に出かけよう。**
趁道路阻塞前
◆ 交通渋滞 交通擁擠　渋滞が激しい 堵車嚴重

（動）**シートベルトをする。**
繫安全帶
「繫皮帶」為 ベルトを締める。（ベルトを外す 則是解開皮帶）

2
明天要去加油站
洗車才行。

發動車子。

（目）**明日はガソリンスタンドで洗車しよう。**
洗車
最近也有人將 ガソリンスタンド 簡略為 ガソスタ 來使用。
◆ 手洗い 手工洗車　洗車機 洗車機

（動）**車のエンジンをかける。**
發動車子（引擎）

3
哎呀！道路在施工啊！

繞路走。

（目）**あっ、道路が工事中じゃない。**
施工中
◆ 通行止め 限制通行

（動）**迂回する。**
繞路

4
在這裡左轉吧！

打方向燈。

（目）**ここで左折しよう。**
左轉（↔ 右折 右轉）
◆ 左に曲がる 向左轉（↔ 右に曲がる 向右轉）

（動）**ウィンカーを出す。**
打開方向燈
ウィンカー 是英語式的表現（winker），意思為「方向指示燈」。

62+63

5

是違規（超速）監視器！
限制速度是50公里。

慢慢通過減速坡。

自 スピード違反監視カメラだ。　違規（超速）監視器

如同 スピード違反監視カメラ 字面上的意思一樣，意思為
「超速違反監視器」。

制限速度が50キロになってる。

限速 ➡ hump

動 ゆっくりハンプを通過する。
減速坡

6

黃燈了。

放慢速度。

自 黄色になった。

是黃燈耶！（變黃燈了耶！）

日本不會使用「黄信号」一詞。因此，必須要講 黄色になる
（變黃燈了）或 信号が黄色に変わる（信號燈變黃色了）。

動 スピードを落とす。
放慢速度（加快速度）

7

已經是紅燈了，那台車還
繼續開。喂！

變成紅燈後，
把車停下來。

自 あの車は赤信号なのに行っちゃう。こらっ!
　　　　　　　紅燈

ちゃう 是由 〜てしまう 所變化而來的，有「遺憾、可惜的
結果」的意涵。語可以說 〜(っ)ちまう、〜じまう 的形態。
◆ 行っちまう 走掉了　死んじまう 死掉了

動 赤信号に変わったので、車を止める。停車
◆ 矢印 箭頭　信号待ち 等紅綠燈

8

我要把車停在這裡。

將汽車熄火。

自 ここに駐車しよう。
　　　　　停車吧！
◆ 駐車場 停車場　ガレージ 車庫 (=車庫)
　駐輪場 腳踏車停放的地方

動 車のエンジンを切る。
　　　（汽車）熄火

バックミラー

汽車後視鏡

車のバックミラーが突然外れました。

汽車後視鏡突然脫落了。

◆ **外れる** 脫落、脫軌、不合

ハンドル

方向盤

ハンドルが利かなかったため起った**事故**だった。這是因為方向盤已失靈所引發的交通事故。

◆ **利く** 有效、起作用

カーナビ

汽車用的衛星導航系統（navigation）

最近のカーナビの技術にはただただ驚くばかりです。

最近汽車導航技術好到相當驚人。

※ナビ是ナビゲーション的簡稱。在「ナビ」後面加上動詞語尾る後，就是有「ナビる（帶路、引路）」意含的單字。

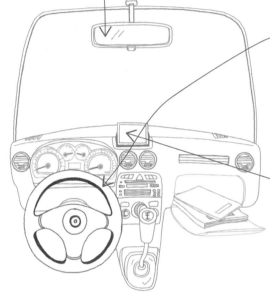

ブレーキを踏む

踩煞車

ブレーキを踏むたびにキーキーと**変な音**がする。

每次踩煞車時，都會發出「《一《一」的奇怪聲響。

カーブを切る

轉彎

右、左に大きなカーブを切る坂道へ入った。

進入了有往左、往右大轉彎的坡道。

Uターンする

迴轉

ここはUターンしてはいけないところですよ。
這裡是禁止迴轉。

ガソリンを満タンにする

汽油加滿

ガソリンを満タンにすると車体が重くなり
燃費が悪くなると聞いたけど本当かなぁ。
聽說如果加滿油車體會變重，這樣會讓油錢花的更凶，
是真的嗎？

◆満タン＝充滿＋tank（槽、桶）

バックする

倒退、倒車

**道を間違ってしまったらしい。車をバック
しなきゃいけない。**
好像走錯路了，不倒車不行。

ナンバープレート

汽車車牌

**車のナンバープレートに自分の好きな番号
をつけることができるようになった。**
現在（變得）在車牌上可以使用自己喜歡的號碼。

無鉛

無鉛

日本では市販のレギュラーガソリンはすでに無鉛化されています。
日本市售的一般汽油，都事先經過了無鉛處理。

エスーユーブイ

四輪駆動越野車（運動休旅車）

エスーユーブイの新車購入を考えている。

考慮要買新的四輪驅動越野車。

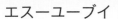

直進

前進

直進車と衝突してしまった。

和直行車相撞上了。

追い越す

超車

指定速度で走っているのに追い越す
やつがいる。

已經按規定限速開車了，竟然還有要超車的傢
伙。

路肩

路肩

路肩注意　注意路肩

タイヤがパンクする

爆胎

昨日空気圧をチェックせずに車
を乗っていたところ、タイヤが
パンクした。

昨天沒檢查氣壓就上路，結果就爆胎了。

車を寄せる

將車移近

路肩に車を寄せて止めなければならなくなった。

不得不把車子靠路肩停一下了。

◆寄せる　很靠近、靠近旁邊

オービス

測速照相機 (=自動速度取り締まり機 自動超速取締機)

**車で走っていたら急に、オービスがピカッと光ったので
ビックリした。**

開車在急馳時，突然間測速照相機閃了一下發出光芒嚇了我一跳。

※「オービス」是從「ORVIS」的廠牌名稱演變而來的單字

後部座席

後座

**後部座席に同乗した時にも必ずシートベルトを着用
しましょう。** 坐在後座的時候，也一定要繫安全帶。

自動車ドライバー

汽車駕駛人 (=自動車運転手)

マナーの悪い自動車ドライバーには本当に腹が立つ。

對沒禮貌的汽車駕駛人，真的是令人生氣。

車線

車道

**一度や二度は車線変更をしなく
ちゃならない。**

不得不變更幾次車道。

歩行者

行人

**歩行者用の信号が赤にもかかわらずそれ
を無視して横断した。** 儘管行人用的紅燈已經
亮起，還是不加理會擅自穿越。

◆ 〜にもかかわらず 儘管…還是…

未成年にもかかわらずタバコを吸っている。

儘管仍是未成年，但還是在抽菸。

スピード違反の反則金
いはん　はんそくきん

超速違規罰金

スピード違反の反則金を払わなかったらどうなりますか？
いはん　はんそくきん　はら

如果不繳交超速違規罰金，會怎麼樣嗎？

◆反則金を払う 繳交罰款　◆罰金 罰金
はんそくきん　はら　　　　　ばっきん

取り締まり
と　し

取締

交通違反の取り締まりに合い、キップを切られました。
こうつういはん　と　し　　　あ　　　　　　　き

遇到取締交通違規者，接到罰單。

◆ねずみ取り （交警行話）抓超速（原本是
と
「捕鼠器」的意思）

牽引する
けんいん

拖吊

故障した車を牽引した。
こしょう　くるま　けんいん

拖吊故障的車子。　◆レッカー車 拖吊車
しゃ

プップー！

クラクションを鳴らす
な

按警笛（喇叭）

やたらとクラクションを鳴らすのは止めましょう。
な　　　や

不要再隨意亂按喇叭了。

◆やたらと 胡亂、隨便

死角
しかく

死角

ミラーに写らない死角に入る。
うつ　　　しかく　はい

進入不會被鏡子照到的死角。

68+69

尋找隱藏在 生活裡的單字

1. 請問下圖是什麼廣告？

シートベルトの不快な締め付けを緩和します。
便利なミニポケット付！
マジックテープ脱着で取付け簡単！

●ブラック(BK)

｜單字核對

シートベルト 安全帶　　不快な 不舒服的
締め付け 抓緊、繫牢　　緩和 緩和　便利な 便利的
マジックテープ 魔術帶　脱着 裝卸
取り付け 安裝　　　　　簡単 簡單　ブラック 黑色

｜文句解析

シートベルトの不快な締め付けを緩和します。
緩和安全帶給人不適的束縛感。
便利なミニポケット付！
附著上便利的迷你口袋！
マジックテープ脱着で取り付け簡単！
魔術帶的裝卸，讓安裝變得更簡單！

2. 請問下圖是什麼的標誌板？

*「步行者専用」（325の4）道路標識

軽車両を除く
7.30 - 8.30
(日曜・休日を除く)

｜單字核對

歩行者専用 行人專用　　道路標識 道路標示
軽車両 輕型車輛（腳踏車等的交通工具稱為輕型車輛）
除く 除了、除外　　　　日曜 星期日
休日 休息日；假日

｜文句解析

軽車両を除く　　　　　輕型車輛除外
7.30 - 8.30　　　　　7點30分-8點30分
(日曜休日を除く)　　　星期日、休假日除外

3. 請問如果搜尋下面的網站，會得知什麼資訊？

PAR-KING P駐車王。高知の駐車場検索サイト 写真と地図でとっても分かりやすく検索できる！

｜單字核對

駐車 停車　　　　検索 搜尋
写真 照片　　　　地図 地圖
分かりやすい 容易理解

｜文句解析

P駐車王。　　　　　　　　　　P停車王
高知の駐車場検索サイト　　　　高知的停車場搜尋網站
写真と地図でとっても分かりやすく検索できる！
透過照片與地圖，進行簡單易懂的搜尋！

◆ 請將畫底線的部分翻成日文填入框框內。

1 繋上<u>安全帶</u>。

<u>1</u> [   ]。

2 <u>發動</u>車子。

<u>2</u> 車の[   ]。
（くるま）

3 <u>繞路走</u>。

<u>3</u> [   ]。

4 <u>打方向燈</u>。

<u>4</u> [   ]。

5 慢慢通過**減速坡**。

<u>5</u> ゆっくり[   ]を通過する。
（つう か）

6 <u>放慢速度</u>。

<u>6</u> [   ]。

7 變成紅燈後，**把車停下來**。

<u>7</u> 赤信号に変わったので、[   ]。
（あかしんごう）（か）

8 將汽車**熄火**。

<u>8</u> 車の[   ]。
（くるま）

◆ 正解在P.62+63頁

充滿元氣的早餐

08:10 a.m. 咖啡店

「這是我經常去的咖啡店。」濃郁的咖啡香和可口的三明治不停刺激著桐谷小梅的食欲。

肚子咕嚕咕嚕叫了。
お腹がぐうぐう鳴っている

肚子有點餓了，要吃點什麼簡單的嗎？
ちょうとお腹がすいたなぁ.
何か簡単に食べるかなぁ

1 去常光顧的咖啡店。
いきつけるのカフェへ いこう

那〜要吃什麼好呢？
さて何をいいだろう

2 看著各式各樣的三明治。
サンドウチをみる

可以點餐嗎？
麻煩你，我要平常點的那個。
注文してもいいですか
いつも食べるものでお願いします

3 點了卡布奇諾和貝果。
カプチーノとベグルを
注文する

卡布奇諾免費贈送嗎？
カプチーハをサビスで!!耶！！
くれてラッキー

4 用信用卡支付。
グレジトカッドで 支払う

5
我集了30點了呢！
コ0 ポイン夕を 貯まったや

領取收據。
レシードをもらう

6
這裡總是客人很多。
ここに大きゃくさんが おおい
いつも

排隊領取餐點。
注文したものを並んでまつ

7
那位穿格紋襯衫的人長得不錯耶！
あの がら の人
チェック シャ又きモ人
他在喝什麼啊？
格好いい
何を食んでるんだ

偷偷地看他一眼。
彼をちらっとみる

8
沒辦法全部吃完，把剩下的帶走吧。
全部食べられな
残り クワド

把沒吃完的貝果放入塑膠袋。
この
残ったのベグルをビニール
袋にいれる

6 咖啡店

1

肚子**咕嚕嚕**叫了。
肚子**有點餓**了,要吃點什麼簡單的東西嗎?

去**常光顧**的咖啡店。

（自）**お腹がぐうぐう鳴ってる。**
　　咕嚕咕嚕（肚子餓時發出的聲音）

ちょっとお腹空いたな。何か簡単に食べようかな。
　　肚子餓

（動）**行きつけのカフェに行く。**
　　老主顧、熟客（常去）

2

那～要吃什麼好呢?

看著各式各樣的三明治。

（自）**さて、何がいいかなぁ。** 那～（感嘆詞）
さて有很多種意義,這裡的意思是自我詢問或表示猶豫不決的心情,相當於中文的「那～、那麼」。像這種感嘆詞可以使用在許多地方,此外像是さあ、ええと等,都是使用在猶豫不決的時候。

◆ **えーっと、どれにしようかな。** 嗯～要選哪一個呢?

（動）**いろいろなサンドイッチを見る。** 三明治

3

可以點餐嗎?**麻煩你**,我要平常點的那個。

點了卡布奇諾和貝果。

（對）**注文してもいいですか？**
いつも(食べてる)のでお願いします。 拜託您了。
～**お願いします** 是「那就拜託您了」的意思,是比拜託對方的 ～ください 還要更鄭重的表現。

（動）**カプチーノとベーグルを注文する。**
　　點餐、訂購

4

卡布奇諾**免費贈送**嗎?耶!!

用信用卡支付。

（自）**カプチーノをサービスでくれるって？ラッキー！**
　　你說要免費給我嗎？
～**って** 是終助詞,使用在聽了對方的話後,提出反問的時候,相當於中文的「你說…嗎?」。ラッキー！（Lucky）經常使用在發生意料之外的好事時。

（動）**クレジットカードで払う。** 以信用卡支付
◆ **現金** 現金

5

我集了30點了呢！

領取**收據**。

圓 30ポイントがたまったわ。 累積了

たまった是たまる（積存、堆積）的過去式。

◆ ポイントがつく 產生點數

動 レシートをもらう。

収據

レシート 是結帳台所印製出來的收據，如果想要親筆寫的收據，講 領收書 就可以了。 ◆ レジ＝(レジスター) 結帳處、收銀台

6

這裡總是**客人**很多。

排隊領取餐點。

圓 ここはいつも客が多いなぁ。

客人

動 注文した物を並んで待つ。

排隊

◆ 並ぶ 排隊、排成一列

7

那位穿格紋襯衫的人**長得不錯**耶！
他在喝什麼啊？

偷偷地看他一眼。

圓 あのチェック柄のシャツの人、格好いいかも。

帥氣、長得好看

格好いいかも 是省略掉 知れない 的表現，～かも知れない 表示有這樣的可能性。 ◆ 格好 模樣、外型

何を飲んでるんだろう？

動 彼をちらっと見る。 瞄、偷看

8

沒辦法全部吃完，
把剩下的帶走吧。

把沒吃完的貝果放入
塑膠袋。

圓 全部食べられない。残りは持って行こう。

剩下來的東西

食べられない 是動詞可能形 食べられる 的否定形，意思是「不能吃、吃不下」。

動 残ったベーグルをビニール袋に入れる。

塑膠袋

◆ 紙袋 紙袋

バリスタ

（咖啡吧的）咖啡調理師＝（義大利語 Barista）

コーヒーが好きなので、本格的にバリスタを目指したい。

因為喜愛咖啡的緣故，我想正式朝咖啡調理師的目標前進。

◆**目指す** 當作目標、瞄準、志向

コーヒーを入れる

泡咖啡（煮咖啡）

**良い豆を知ることがおいしいコーヒーを入れる第一歩
なのです。** 知道使用好的原豆，才是泡出好喝咖啡的第一步。

※「泡茶」是 お茶を入れる

モーニングセット

早晨套餐

**近くのカフェではトースト、サラダ、コーヒ
ーが出るモーニングセットを売っている。**

在附近的咖啡店裡，推出了以烤吐司、沙拉、咖啡的成套
早晨套餐。

急須

茶壺

**急須で入れたお茶とペットボトル入りの緑茶飲料
では旨みが違う。**

用茶壺泡的茶和瓶裝的綠茶飲料味道不同。

タンブラー

隨身杯

ステンレス製のタンブラーは保温保冷機能がある。

不鏽鋼製的平底杯有保溫保冷的功能。

エスプレッソ

義式濃縮咖啡

コーヒーといえば、やっぱりエスプレッソだな！

講到咖啡，還是義式濃縮咖啡最棒！

◆ espresso：瞬間加壓煮出的濃縮咖啡。

カフェラテ

拿鐵咖啡（cafe latte）

カフェラテはエスプレッソに牛乳を入れたものです。

拿鐵咖啡是在義式濃縮咖啡內加入牛奶而成。

キャラメルマキアト

焦糖瑪其朵（caramel macchiato）

キャラメルマキアトはカロリーが高すぎる。

焦糖瑪奇朵的卡路里很高。

飲み物

飲料 (=ドリンク)

カフェインなしで肌にいい飲み物って何があるかな。

沒有咖啡因，且對皮膚很好的飲料是什麼呢？

ウーロン茶

烏龍茶

お肉を食べた後、ウーロン茶を飲むと口の中がすっきりする。

吃完肉之後，喝杯烏龍茶，能讓口腔變得很清爽。

◆ すっきりする 乾淨、清爽／（令人）變爽快

紅茶

紅茶

私は紅茶と一緒にケーキを食べるのが大好きだ。

我很喜歡紅茶配蛋糕一起吃。

◆ レモンティー 檸檬茶　ミルクティー 奶茶

クロワッサン

可頌麵包

焼き立てのクロワッサンは本当においしい。

剛烤好的可頌麵包真的很好吃。

※「動詞連用形＋〜立て」剛…做好…

　　作り立てのカレー 剛做好的咖哩

プリン

布丁

日本でプリンは子供から大人までみんなに愛されているデザートです。

在日本，布丁是孩子、大人都喜愛的甜點。

シナモン

肉桂

アップルパイを作る時、シナモンを入れると香りがよくなる。

在製作蘋果派的時候，若加點肉桂粉會更香。

レーズン

葡萄乾

レーズンには鉄分、カルシウムなどが豊富に含まれているそうだ。

據說葡萄乾含有豐富的鐵質、鈣質等。

◆**含まれる** 含有、包含

テイクアウト

外帶

コーヒーはテイクアウトできますか？

咖啡可以外帶嗎？

パフェ

冷甜點（聖代）

今大人気のブルーベリーヨーグルトパフェ！

這是現在最受歡迎的藍莓優格聖代！

◆**parfait**：用高腳玻璃杯裝入糖漿、冰淇淋、新鮮水果而成的一種甜點

1. 「剛烤好的」餅乾的日文怎麼說？請從下面的句子中找出來，並畫出底線。

焼き菓子の種類も豊富にそろう。

焼き立てクッキー（￥84）

なつかしのマドレーヌ（￥179）ほか

丨單字核對

焼き菓子 烤餅乾　　　　種類 種類
豊富 豐富　　　　　　　焼き立て 剛烤好的
クッキー 餅乾　　　　　マドレーヌ 瑪德蓮貝殼蛋糕
なつかし 是 なつかしい（令人懷念、充滿深情）
　　　　　的名詞形，有懷念的意思。

丨文句解析
烤餅乾的種類豐富齊全。
剛烤好的餅乾
懷念的瑪德蓮貝殼蛋糕

2. 請問下圖兩份早晨套餐共同具有的是什麼？

■ 銀座店
ドリンク＋サラダ＋トーストorワッフル　430円～

■ 原宿店
ドリンク＋トースト＋ゆで卵　420円～

丨文句解析
銀座店
飲料＋沙拉＋烤吐司或鬆餅 430日元

丨文句解析
原宿店
飲料＋烤吐司＋水煮蛋 420日元

看圖回答問題

◆ 請將畫底線的部分翻成日文填入框框內。

1 去**常光顧**的咖啡店。

いきつけ のカフェに行(い)く。

2 看著各式各樣的**三明治**。

いろいろな サンドウィチ を見(み)る。

3 **點了**卡布奇諾和貝果。

カプチーノとベーグルを
注文します。

4 **用信用卡支付**。

クレジットカードで はらう 。

5 領取**收據**。

レシート をもらう。

6 **排隊**領取餐點。

注文(ちゅうもん)した物(もの)を 並(なら)んで 待(ま)つ。

7 **偷偷地**看他一眼。

彼(かれ)を ちらっと 見(み)る。

8 把沒吃完的貝果放入**塑膠袋**。

残(のこ)ったベーグルを ビニール袋
ビニール
に入(い)れる。

◆ 正解在P.74+75頁

09:20 a.m. 會議

　　抵達公司的桐谷小梅忙著準備開會事宜。因為今天部長也要出席會議，所以很緊張。得好好表現不可以失誤才行…。

會議是10點吧？
得發表上半年的業績才行…。
かみはんきの じっせきを はっぴょうしな

1 再次確認進行的狀況。
しんこうじょうきょうを さいかくにんする

需要10人份的**報告資料**。
ほうこうしりょう

2 影印報告資料。
コッピ

影印機的**紙張**卡住了嘛！
コピーきに 紙が つまったせん

3 清除紙張。
かみを 取り除きます

資料要用**釘書機**釘好才行。
ホチキス

4 將資料做分類。
ふるい ぶんるい

今天必須要向部長**做報告**。

きょうふな
今日は部長に 報告しなければなりません

5 將手機設定為**禮儀模式**。

マナーモード

我是桐谷小梅，
負責行銷業務。

6 向出席者做自我**介紹**。

現在開始進行說明。
如果有什麼問題，
請不要客氣儘管提出來。

これから 始めさせていただきます

なにが もんだいてんが ございましたら

7 與出席者們眼神交流。

しせきしゃ
出席者に 目を合わします

那麼，**請大家看看**螢幕上的圓形
圖表。ご覧になってください

8 指出**圓形圖表**。

円元グラフを指します

1

會議是10點吧?
得發表上半年的業績
才行…。

再次確認進行的狀況。

自 会議10時だったよね。

上半期の実績を発表しなくちゃいけないんだよね…

上半年(↔ 下半期下半年)

動 進行状況を再確認する。

再確認

2

需要10人份的**報告資料**。

影印報告資料。

自 10人分の報告書が必要だよね。

報告

動 報告書をコピーする。

影印

3

影印機的**紙張卡住了**嘛!

清除紙張。

自 コピー機に紙が詰まったじゃん。

紙張卡住了

我們會講「紙張卡住了」或「紙張夾住了」,日本則是以
「詰まる 堵塞、塞滿」來表現。

動 紙を取り除く。

除去、清除、除掉

4

報告資料要用**釘書機**
釘好才行。

將報告資料做**分類**。

自 報告書をホッチキスで留めよう。

用釘書機釘起來吧!

◆ 留める 使…固定／夾住

動 報告書を分類する。

分類

5

今天**必須**要向部長**做報告**。

🔊 今日は部長に報告しないといけない。
きょう　ぶちょう　ほうこく

　　　　　　　必須要報告

將手機設定為**禮儀模式**。

🔊 携帯をマナーモードに設定する。
けいたい　　　　　　　　せってい

　　　設定為禮儀模式（也就不發出聲音的震動模式）

6

我是桐谷小梅，
負責**行銷業務**。

🔊 桐谷小梅と申します。
きりたに　こうめ　　もう
マーケティング業務を担当しております。
　　　　　　　ぎょうむ　　たんとう

　　　　　行銷業務　　　　　　　います的謙讓表現

日文的敬語有捧高他人意思的「尊敬語」，及降低自己捧高他人的「謙讓語」、鄭重表現對方的「鄭重語」。一般來說，像在會議席上或正式性的場合上，都要使用比平時更尊敬的敬語表現。

向出席者做自我**介紹**。

🔊 出席者たちに自己紹介をする。
しゅっせきしゃ　　じこしょうかい

　　　　　　介紹　　　◆ 出席者 出席者、參加者
　　　　　　　　　　　　　しゅっせきしゃ

7

現在開始進行說明。
如果有什麼問題，
請不要客氣儘管提出來。

🔊 これから始めさせていただきます。何か問題点
　　　　　　はじ　　　　　　　　　なに　もんだいてん
がございましたら、遠慮なくご質問ください。
　　　　　　　　　えんりょ　　　しつもん

　　　如果有的話

ございます 是 ある 的鄭重表現，有「有、在」的意思。前綴詞「ご〜」是敬語表現的一種，「お〜」也是相同的用法，與名詞或形容詞一起使用。
◆ ご意見 意見　ご兄弟 (您的)兄弟　お名前 貴姓大名　お仕事 從事的工作
　　いけん　　　　きょうだい　　　　　　　なまえ　　　　　しごと

與出席者們**眼神交流**。

🔊 出席者たちと目を合わす。　對上視線
しゅっせきしゃ　　め　あ

8

那麼，**請大家看看**螢幕上的圓形圖表。

🔊 それでは、スクリーンの円グラフをご覧にな
　　　　　　　　　　　　えん　　　　　　らん
ってください。　　　請看（見る的尊敬語）
　　　　　　　　　　　　　　み

一起來學習經常會使用到的敬語吧！
◆ 行く、来る、いる → いらっしゃいます　◆ 言う → おっしゃいます
　い　　く　　　　　　　　　　　　　　　　　　　　い
◆ 食べる、飲む → 召し上がります　◆ 知る → ご存じです
　た　　　の　　め　あ　　　　　　　　　し　　　ぞん
◆ する → なさいます　　　　　　　◆ くれる → くださいます

指出圓形圖表。

🔊 円グラフを指す。　指、指引
えん　　　　　さ

同意する
どう い

同意

会社の事情を考慮し給与減額に同意した。 考慮到公司的情況,同意工資縮減。
かいしゃ じ じょう こうりょ きゅうよ げんがく どう い

◆ 給与 工資、工錢
きゅうよ

多数決
た すうけつ

多數通過

意見が分かれた場合、多数決で決め
い けん わ ば あい た すうけつ き
ましょう。

在意見分歧的情況下,以多數通過的方式來決
定吧!

◆ 分かれる 分開、分成
わ

配布資料
はい ふ し りょう

分配資料

パワーポイントの配布資料の印
はい ふ し りょう いん
刷がうまくいきません。
さつ

PowerPoint的分配資料印得不太好。

参加する
さん か

參加、出席

株主総会に参加する。
かぶぬしそうかい さん か

出席股東大會。

◆ 株 股份 株式会社 股份有限公司
かぶ かぶしきがいしゃ

検討する
けんとう

檢討、核驗

金融機関や保険会社の商品を比較検討する。
きんゆう き かん ほ けんがいしゃ しょうひん ひ かくけんとう

比較檢討金融機關和保險公司的商品。

議論する
ぎ ろん

討論、議論

デジタル時代のオープンな情報共有につ
じ だい じょうほうきょうゆう
いて議論する。
ぎ ろん

討論關於數位時代開放的(自由的)資訊共享。

◆ ～について 關於～(有關～)

掛け図 _か_ず

掛圖、活動掛圖 (フリップ〈flip chart〉)

一枚ずつめくりながら掛け図で解説した。 _{いちまい} _か_ず _{かいせつ}

一張張地一邊翻頁，一邊用掛圖說明。

◆めくる 翻（頁）、翻過來
　ページをめくる。 翻頁

案件 _{あんけん}

案件

次の会議の案件は何ですか？ _{つぎ} _{かいぎ} _{あんけん} _{なん}

下次會議的案件是什麼？

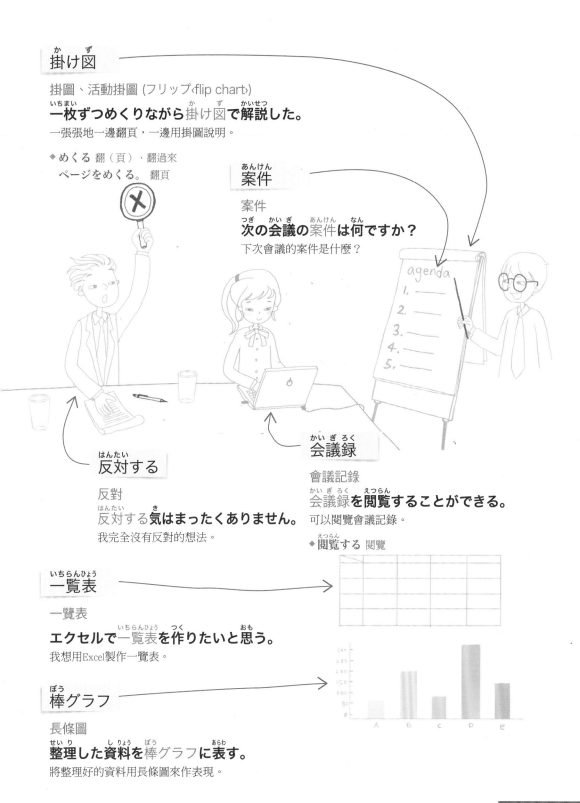

反対する _{はんたい}

反對

反対する気はまったくありません。 _{はんたい} _き

我完全沒有反對的想法。

会議録 _{かい}_ぎ_{ろく}

會議記錄

会議録を閲覧することができる。 _{かい}_ぎ_{ろく} _{えつらん}

可以閱覽會議記錄。

◆閲覧する 閲覧 _{えつらん}

一覧表 _{いちらんひょう}

一覽表

エクセルで一覧表を作りたいと思う。 _{いちらんひょう} _{つく} _{おも}

我想用Excel製作一覽表。

棒グラフ _{ぼう}

長條圖

整理した資料を棒グラフに表す。 _{せい}_り _{しりょう} _{ぼう} _{あらわ}

將整理好的資料用長條圖來作表現。

修正液
しゅうせいえき

修正液

履歴書に修正液を使ってもいいですか？
りれきしょ しゅうせいえき つか

可以在履歴上使用修正液嗎？

◆ 修正テープ 修正帶
しゅうせい

セロハンテープ

透明膠帶

セロハンテープで家具や壁にペタペ
かぐ かべ
夕貼るのはあまり好ましくない。
は この

在家具或牆壁上亂貼透明膠帶不是很好。

事務用品
じ む ようひん

辦公用品

今の会社は、事務用品をすべて個人が調達します。
いま かいしゃ じ む ようひん こじん ちょうたつ

現在公司的辦公用品都是個人準備的。

シャープペンシル ⟶

自動鉛筆

シャープペンシルの芯が切れちゃった。
しん き

自動筆筆芯沒了。

◆ 切れる 全沒了、用盡
き

蛍光ペン ⟶
けいこう

螢光筆

ワイシャツに蛍光ペンがついてしまった。
けいこう

襯衫上畫到螢光筆了。

1. 請問下面的物品是什麼呢？

ぺんてる　アスクル　ミニ修正液　1本

2. 請問下圖是在說明會上要需要的東西，這是什麼呢？

3. 請問下面的圖表型態稱之為什麼呢？

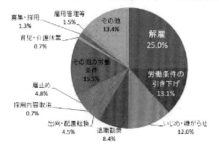

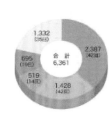

機械工学科
電気電子工学科
電子制御工学科
情報工学科
土木工学科

（　）内は卒業回数

Answer：1. **修正液** 修正液　2. **パワーポイント** PowerPoint　3. **円グラフ** 圓形圖表

◆ 請將畫底線的部分翻成日文填入框框內。

1 **再次確認**進行的狀況。
しんこうじょうきょう
進行状況を | さいかくにんする |。

2 **影印**報告資料。
ほうこくしょ
報告書を | コピーする |。
ほうこくしょ

3 **清除**紙張。
かみ
紙を | 取り除く |。

4 將報告資料做**分類**。
ほうこくしょ
報告書を | ぶんるい |。

5 將手機設定為**禮儀模式**。
けいたい
携帯を | マナーモード |。

6 向出席者做自我**介紹**。
しゅっせきしゃ じこ
出席者たちに自己 | |
をする。

7 與出席者們**眼神交流**。
しゅっせきしゃ
出席者たちと | |。

8 **指出**圓形圖表。
えん
円グラフを | |。

◆ 正解在P.84+85頁

請叫我工作一姐

11:10 a.m. 上班時間

和平常一樣忙碌的桐谷小梅，在忙亂中偶爾還是會感受到生活的單調與空虛…。

競爭對手HBS的股價下跌了10%耶！

かぶいか
株価が10％げらくじゃん

瀏覽報紙的經濟報導。

1

新聞のけざいめんに 目をとおま
が

海外營業部的百合小姐要求要資料。

かいがいえぎょうぶの ゆりさまから

資料を伯まれた

用傳真傳送資料。

2

資料を フワクスで送る

積了滿滿的工作 しことまいっぱい
明天要加班了 すまった
ました ざんぎょうしなければ
らりません

翻開行事曆。

3

をめくる

到了月底更忙了，月末になって25號還要去出差。

研究行程表。

4

日程を 検討する

得向田中直輝這個人拿在日本的**市場佔有率**資料才行，

しじょうせん ゆうりつ

聽說那個人從福岡總公司**轉調**過來了。 てんきん

7758

5 撥打伊達小姐的內線號碼7758。

電話をかける
でんわ

在**通話中**啊！我有說要請他告訴我田中直輝先生的電話號碼耶…

電話中
でんわちゅう

6 掛掉電話。

でんわを切る

要怎麼和田中直輝先生**取得聯絡**呢？

試さと れらくとる

那個人是誰啊？應該不是**新進**職員吧…。 しんにゅうしゃいん

7 整理書桌。

啊！您就是田中直輝先生啊！很高興認識您，這是我的**名片**。

めいし
名刺

8 以笑容來**迎接**田中直輝先生。

迎元ます

1

競爭對手HBS的**股價下跌**了10%耶!

瀏覽報紙的經濟報導。

（自）ライバル社であるHBSの株価が10%下落したじゃん。
　　　　　　　　　　　　　 股價　　　　　下滑

10%也可以說成「一割」，這是常用的表現。

（動）新聞の経済面に目を通す。
　　　　　　　　　　瀏覽

◆ 参考資料として目を通しておきたい。 想瀏覽一下參考資料。

2

海外營業部的百合小姐要求要資料。

用傳真**傳送**資料。

（自）海外営業部の百合さんから資料を頼まれた 。
　　　海外營業部

（動）資料をファックスで送る。
　　　　　　　　　　　 寄送

3

積了滿滿的**工作**，明天要**加班**了。

翻開行事曆。

（自）仕事がいっぱい溜ってる。明日は残業だな。
　　　　　　　　　　　　　　　　　　　　加班

夜勤（夜班）是指夜間工作的意思。但是工作做不完，一直留到下班後繼續工作的一般稱為 残業（加班）。

（動）スケジュール帳をめくる。
　　　　　　　　　　 翻開

4

到了**月底**更忙了，25號還要去**出差**。

研究行程表。

（自）月末になってもっと忙しくなった。25日に出張
　　 →月底
にも行かなければならないし。
　　　　　　　　　　　　　　　　　　 出差

～なければならない 的意思為「不行不…／必須要…」，和動詞否定形一起使用。

◆ 早く起きなければならない。 必須要早點起床。

（動）日程を検討する。
　　　　　　　　　 研究、探討

5

得向田中直輝這個人拿在日本的**市場佔有率**資料才行，聽說那個人從福岡總公司**轉調**過來了。

撥打伊達小姐的內線號碼7758。

自 田中直輝という人から日本での市場占有率のデータもらわないといけないのに。その人、福岡の本社から転勤して来たと聞いたけど。
　　　　調動　　　　　　　　　　市場佔有率

動 伊達さんの内線番号7758に電話をかける。
　　　　　　　　　　　　　　　打電話

6

在**通話中**啊！我有說要請他告訴我田中直輝先生的電話號碼耶…

掛掉電話。

自 話し中だわ。田中直輝さんの電話番号教えてくれるって言ったのに。　　通話中／占線中

話し中 是指對方在通話中，是「電話無法接通，並發出嘟－嘟－聲」的情況；通話中 的意涵與字面一樣，使用在「電話通話中」的情況，除外，電話中 則表示「正在打電話中」，雖然三者的意思相近，仍有些微的差異。

動 電話を切る。　　掛掉電話。

7

要怎麼和田中直輝先生**取得聯絡**呢？那個人是誰啊？應該不是**新進職員**吧…。

整理書桌。

自 田中直輝さんと連絡取るにはどうしたらいいかな…
　　　　　　如果要取得聯絡的話

〜かな 有問自己的感覺「〜呢？」，也可以使用在表示自己的願望。
◆ 連絡を取る 取得聯絡　　　　　　新進社員
あの人は誰だろう? 新入社員じゃないだろうし…

動 机の上を片付ける。　　整理

8

啊！您就是田中直輝先生啊！很高興認識您，這是我的**名片**。

以笑容來**迎接**田中直輝先生。

對 あ、あなたが田中直輝さんですね。お会いできて嬉しいです。これは私の名刺です。
　　　　　　　　　　　　名片

在日本，如果對方有給名片，自己也必須要遞出名片，這是禮貌。

動 田中直輝さんを笑顔で迎える。
　　　　　　　　　　迎接

這個你一定要知道!!

上司（じょうし）

上司、上級

彼（かれ）は部下（ぶか）から信頼（しんらい）される上司（じょうし）だ。

他是深得部屬職員信賴的上司。

職場（しょくば）

職場

職場（しょくば）の人間関係（にんげんかんけい）で悩（なや）んでいる。

我在煩惱職場上的人際關係。

具合（ぐあい）が悪（わる）くて出社（しゅっしゃ）できないと電話（でんわ）する

打電話說身體不適無法去上班

上司（じょうし）に申（もう）し訳（わけ）ないが具合（ぐあい）が悪（わる）くて出社（しゅっしゃ）できないと電話（でんわ）した。 雖然對上司很抱歉，還是打電話跟他說身體不適無法去上班。

◆ **具合（ぐあい）が悪（わる）い** 身體狀態不佳

早退届（そうたいとど）け

早退申請書

あまりにも頭（あたま）が痛（いた）くて早退届（そうたいとど）けを出（だ）した。

因為頭很痛的關係，所以提出了早退申請書。

仕切（しき）り

（個人空間的）隔板、隔牆

本社（ほんしゃ）の事務所内（じむしょない）には部署間（ぶしょかん）の仕切（しき）りがない。

本公司的辦公室內，沒有部門之間的隔板。

新入社員研修（しんにゅうしゃいんけんしゅう）

新進職員進修

新入社員研修（しんにゅうしゃいんけんしゅう）で発表（はっぴょう）することになった。

決定在新進職員進修時發表。

96＋97

教育プログラム

員工教育訓練（在職訓練）

これは入社後、新入社員のみなさんに受けていただく教育プログラムです。

這是進入公司以後，各位新進職員要上的教育訓練課程。

重役

重要職務

父親は大企業の重役だ。

父親任職於大企業的重要職務。

同僚

同事

会社の同僚から誕生日プレゼントをもらった。 得到公司的同事送的生日禮物。

志願者

申請人、自願者

去年より志願者が意外と増加した。

比起去年，申請人意外地增加許多。

求職者

求職者

求職者のための職業訓練。

專為求職者開設的職業訓練。

人事課
【じんじか】

人事部門

市役所の人事課に履歴書を出した。
【しやくしょ】【じんじか】【りれきしょ】【だ】

遞履歷到市政府的人事部門。

経理部
【けいりぶ】

會計部

経理部は予算の計画、執行および会計に関することを
【けいりぶ】【よさん】【けいかく】【しっこう】【かいけい】【かん】
分担している。 會計部分擔著預算計畫、執行及會計等相關工作。
【ぶんたん】

◆ **および** 與、以及、和
半導体の情報関連および環境関連事業に注力。
【はんどうたい】【じょうほうかんれん】【かんきょうかんれんじぎょう】【ちゅうりょく】
致力於半導體的情報以及環保相關的事務。

広報部
【こうほうぶ】

宣傳部

広報部は会社や商品の宣伝をする部署です。
【こうほうぶ】【かいしゃ】【しょうひん】【せんでん】【ぶしょ】

宣傳部是負責公司或商品宣傳的部門。

休暇
【きゅうか】

休假

妻の出産があって会社に有給休暇の申請をしました。
【つま】【しゅっさん】【かいしゃ】【ゆうきゅうきゅうか】【しんせい】

因為妻子生產的關係，向公司申請了有薪休假（陪產假）。

解雇する

解雇、解聘

使用者が労働者を解雇する場合には厳しい制限が
ある。 使用者解雇勞動者的情況，有很嚴格的限制。

◆首にする 開除、解雇

海外出張

國外出差

一週間ほどの海外出張を終え無事に帰国した。
結束了一星期的國外出差，平安回國了。

お客様相談窓口

客服諮詢

製品には「お問い合わせはこちらへ」ってあって、
お客様相談窓口の電話番号が書いてあった。
商品上有註明「商品客服諮詢」，並寫著顧客反應窗口的連絡
電話號碼。

品質管理

品質管理

品質管理を強化する。
加強品質管理。

営業社員

營業職員

要領の悪い営業社員を教育する。
教育工作效能不佳（不得要領）的營業職員。

左遷される
左遷（させん）

降職

左遷されました。でも、もう一度頑張って
みます。

被降職了，但我會再努力試看看。

昇進
昇進（しょうしん）

升職

来月から課長に昇進する。

下個月開始將升職為課長。

公 告

升 遷

總務部長　　營業課長

賃上げ
賃上（ちんあ）げ

提高工資

社員たちは10%の賃上げを要求した。

職員們要求要提高10%的薪資。

我希望調升 ⬆ 薪水

年俸
年俸（ねんぽう）

年薪

彼はかなり高い年俸をもらっている。

他一直都領很高的年薪。

経費
経費（けいひ）

經費

うちの会社は経費削減対策として
人件費を削減した。

我們公司在經費縮減的政策上，採取了刪減
人事成本的策略。

企画案
企画案（きかくあん）

企畫案

もう少し詳しい企画案を作成してください。

請再做出更詳細的企畫案。

1. 請問下圖是支援什麼的公司呢？

J'sNAVI (ジェイズナビ)は、御社の出張・経費管理をトータルにサポート!

（手寫筆記）トータルに 綜合,全部
support
おんしゃ
貴社
きしゃ

單字核對	文句解析
御社 貴公司=貴社	J'sNAVI對貴公司的出差、經費管理，絕對全部支援！
トータルに 綜合的、全部的	
サポート 支持、支援（support）	

2. 請問下圖是在慶祝什麼呢？請從照片中找出來，並將它圈起來。

（手寫筆記）しょうしん 昇進 昇進

文句解析
昇進おめでとうございます。恭喜升遷。

3. 下面的廣告是讓什麼人點擊進去看的呢？

（手寫筆記）きゅうしょくしゃ じんざい

單字核對	
人材 人才	求職者 求職者
登録 登錄	

文句解析	
クリック	（滑鼠）點擊
人材(求職者)の	人才（求職者）
登録はこちら	登錄請按這裡

◆ 請將畫底線的部分翻成日文填入框框內。

1 **瀏覽**報紙的經濟報導。
<ruby>新聞<rt>しんぶん</rt></ruby>の<ruby>経済面<rt>けいざいめん</rt></ruby>に 目をとおす 。

2 用傳真**傳送**資料。
<ruby>資料<rt>しりょう</rt></ruby>をファックスで 送る 。

3 **翻開**行事曆。
スケジュール<ruby>帳<rt>ちょう</rt></ruby>を めくる 。

4 **研究**行程表。
<ruby>日程<rt>にってい</rt></ruby>を 検討 。

5 **撥打**伊達小姐的內線號碼7758。
<ruby>伊達<rt>だて</rt></ruby>さんの<ruby>内線番号<rt>ないせんばんごう</rt></ruby>7758に
電話をかける 。

6 **掛掉**電話。
電話を切る 。

7 **整理**書桌。
<ruby>机<rt>つくえ</rt></ruby>の<ruby>上<rt>うえ</rt></ruby>を 片<ruby></ruby>つける 。

8 以笑容來**迎接**田中直輝先生。
<ruby>田中直輝<rt>たなかなおき</rt></ruby>さんを<ruby>笑顔<rt>えがお</rt></ruby>で 迎えます 。

◆ 正解在P.94+95頁

11:30 a.m. 手機

很少用手機撥電話的桐谷小梅，主要都是將手機當作是鬧鐘來使用。今天難得有電話和簡訊進來，她相當高興。

這個用日文要怎麼說啊 ??

有三通未接來電耶！

1 掀開手機。

法子傳來的郵件耶！

2 確認郵件。

要**回傳**郵件給法子才行。

3 製作**手機郵件**。

這是我沒看過的電話號碼耶…
是**推銷**電話嗎？

4 看**發信號碼**。

啊！百合小姐也打來了耶！
回撥給她看看吧！

5　按**手機**通話鍵。

能換個**鈴聲**就好了⋯

6　**等到對方接電話**。

喂，百合！是我啦，
有什麼事嗎？

7　用**手機**聊天。

電池好像快沒電了。

我們星期六在電影院見吧！

8　按下**結束按鍵**。

1

有三通**未接來電**耶!

掀開手機。

🗨 不在着信が3件もあるじゃん。
ふ ざいちゃくしん　　　けん

未接來電、不在時的來電

日文漢字的「不在着信」即「未接來電」。

🏃 携帯を開ける。
けいたい　　あ

掀開手機

2

法子傳來的**郵件**耶!

確認郵件。

🗨 法子からメールが来たのね。
のり こ　　　　　　　　　き

郵件（mail）

在日本，大多都是利用手機傳送mail的方式來取代簡訊，因此
為了傳送或接收mail，必須要知道郵件地址。

◆ メールの送信 傳送郵件　メールの受信 收取郵件
そうしん　　　　　　　　　　じゅしん

🏃 メールを確認する。
かくにん

確認

3

要**回傳郵件**給法子才行。

製作手機郵件。

🗨 法子にメールを送ろう。
のり こ　　　　　　　　おく

傳送郵件吧!

🏃 携帯のメールを作成する。
けいたい　　　　　　さくせい

（文件、計畫、文章的）製作

4

這是我沒看過的電話號碼
耶…
是**推銷**電話嗎?

看**發信號碼**。

🗨 これは知らない番号なんだけど…セールス電
し　　　　　ばんごう　　　　　　　　　　　でん
話かな。
わ　　　　　商業、商務

迷惑 有「麻煩、打擾」的意思，「迷惑電話」此種表現包括了 脅迫
めいわく　　　　　　　　　　　めいわくでん わ　　　　　　　　　　きょうはく
電話（恐嚇電話）、無言電話（無聲電話）、セールス電話（勸人購
でん わ　　　　　　　　むごんでん わ　　　　　　　　　　　　　　　　でん わ
買東西的推銷電話）、いたずら電話（惡作劇電話<＝いたでん>）。
でん わ
依照各種情況的不同，也常常會接到 間違い電話（打錯的電話）。
まちが　でん わ

🏃 発信番号を見る。
はっしんばんごう　み

發信號碼

5

啊！百合小姐也打來了耶！
回撥給她看看吧！

按手機通話鍵。

🔵 あ、百合もかけてきたんだ。電話してみよう。

打電話吧！

「打電話」依照狀況得不同，使用的表現也所有不同。在執行公務時，會使用「電話をいれる」，在一般的情況下，會使用「電話をする」或是「電話をかける」。除此之外，也有表示謙讓（電話をいたす）或鄭重（電話させていただきます）的用法。

🔴 携帯の通話ボタンを押す。 通話鍵

6

能換個**鈴聲**就好了…

等到對方接電話。

🔵 メロディーコール変えたらいいのに…

鈴聲、音樂彩鈴

◆ 着メロ 來電鈴聲　着うた 來電時的歌曲

🔴 電話に出るまで待つ。 到接電話為止

「接電話」的表現雖然可以使用「電話を受ける」，但此情況單純只表示接電話的動作，「電話に出る」則含有「電話相互撥通」的意思。

7

喂，百合！是我啦，
有什麼事嗎？

用手機**聊天**。

🟣 もしもし、百合ちゃん！私だけど、どうしたの？

什麼事呢？

◆ 電話をかけ直す 再次撥打電話；重打一次

🔴 携帯で話をする。

講話、聊天

8

電池好像快沒電了。
我們星期六在電影院
見吧！

按下結束按鍵。

🟣 電源が切れそう。土曜日に映画館で会おうね。

電池好像要用盡了(=電池が切れそう)

◆ 切れる 用盡、用完了、（期限）到了
◆ 塩が切れた。鹽巴用完了。　有効期限が切れる。有效期限已經到了。

🔴 終了ボタンを押す。

按下結束鍵。

到哪裡了呵？

無制限通話
無限制通話

毎月の定額料金を支払えば時間無制限で通話できるサービスを始める。

每月支付固定的金額，就可以開始享受無限制通話的服務。

◆ 使い放題 無限制地盡情使用

料金制
費率制

日本初の携帯電話定額料金制回線がスタート！

日本第一個手機定額費率制電話線已經開始了。

◆ 初 最初、第一次、起初　初恋 初戀　初雪 第一次下的雪　初舞台 首次登台

機種変更
變更機種

二年の契約期間が満了したので、先日、機種変更をした。

兩年的契約期滿了，所以前陣子我換了手機。

国際ローミング
國際漫遊

出張に行く前に携帯の国際ローミングサービスに加入しているのか確認しないといけない。

在出差之前，一定要先確認是否加入手機國際漫遊的服務。

通信会社
電信公司

通信会社で最もわかりやすいシステムを採用しているのはどこでしょうか？電信公司中使用的系統最淺顯易懂的是哪一家？

◆ 最も 最、第一　ここが最も高いところだ。　這裡是最貴的地方。

通話内訳
通話明細

携帯電話の通話内訳と電子メールの記録を調査することにした。

決定要調查手機的通話明細和電子郵件的紀錄。

待ち受け(画面)
まち うけ がめん

（手機的）背景桌布

携帯の待ち受けを彼の写真にした。 手機的背景桌布換成了男朋友的照片。
けいたい まち う かれ しゃしん

◆〜にする 決定〜（在決定或選擇某種事物時使用。）

私はコーヒーにする。 我要咖啡。
わたし

電源
でんげん

電源

病院では携帯電話の電源を切ってください。
びょういん けいたいでん わ でんげん き

在醫院裡，請關掉手機的電源。

◆電源を入れる 開啟電源
でんげん い

| 1 | = | 媽媽 | 010 - 1234 - ＊＊＊＊ |
| 2 | = | 爸爸 | 010 - 4321 - ＊＊＊＊ |

短縮番号
たんしゅくばんごう

（手機）快捷鍵號碼

電話をよくかける相手の電話番号を、短縮番号に登録
でんわ あいて でんわばんごう たんしゅくばんごう とうろく

しておくと、短い番号でかけられるようになる。
みじか ばんごう

將經常通電話的人的手機號碼設定為快捷鍵，按一個號碼便能撥打給他們。

シャープ

井字鍵（#）

録音が終わりましたらシャープを押してください。
ろくおん お お

結束錄音時，請按井字鍵。

米印
こめじるし

米字鍵（＊）

番号を入力する前に米印を押してください。
ばんごう にゅうりょく まえ こめじるし お

在輸入號碼之前，請先按米字鍵。

※雖然在通信業界內稱呼它為星印（星號），但一般來說大家都是稱
ほしじるし
　呼為米印（米字鍵）。
こめじるし

GPS

携帯のGPSで息子の居場所を調べたい。
けいたい むすこ いばしょ しら

想利用手機的GPS功能，得知兒子所在的地點。

タッチパネル

觸控面板

今の携帯はタッチパネルに指で文字を書くだけで認識する。

現在的手機可以辨識用手在觸控面板上寫出來的字。

携帯ストラップ

手機吊飾

携帯ストラップを手作りしたい。

想親自製做手機吊飾。

◆ストラップ 帶子、繩子

端末機

終端機；手機通信中的「話機」

分割払いで携帯端末機を購入した。

以分期付款的方式購買了手機話機。

機能

功能

携帯のたくさんの機能が使われていない。

手機的眾多功能都沒使用到。

充電器

充電器

これは今までになかった画期的な充電器です。

這是前所末有的劃時代充電器。

着信拒否

拒絕來電

迷惑メール着信拒否サービス。

拒收垃圾郵件服務。

1. 請問照片中的女生在看什麼呢？

試してください。
びっくりするくらい簡単に待ち受け画像が作れます。

｜單字核對

試す 試驗、嘗試
簡単に 簡單地　　画像 畫面
作れる 可以製作（作る 的可能形）

｜文句解析

試してください。 請嘗試看看。

びっくりするくらい簡単に待ち
受け画像が作れます。
會讓您意想不到原來製作出背景
畫面可以這麼簡單。

2. 請問下面是哪一種服務的圖片呢？

迷惑メールなど
受け取りたくないメール

着信拒否サービス

メールサーバ

お客様のパソコン

受け取りたいメール

｜單字核對

お客様のパソコン 顧客電腦

メールサーバ 電子郵件伺服器
（Mail Server）

着信拒否サービス 拒絕收信服務
迷惑メールなど受け取りたくな
いメール

垃圾郵件以及不想收到的電子郵件
受け取りたいメール

想收到的電子郵件

3. 請問從下圖中說明用戶可以是獲得什麼資訊？

ナンバーディスプレイなら
便利で安心
かけてきた相手の番号がわかる
いたずら電話やセールス電話もシャットアウト

① 相手の電話番号
をダイヤル

かける人

電話をかける人の電話番号
（例）03-1234-5678

② 受信電話番号を通知
0312345678

受ける人

③ 発信電話番号
を表示
0312345678

ナンバー・ディスプレイ
ご契約者

｜文句解析

ナンバーディスプレイなら便利で安心
使用發信號碼顯示的服務，既便利又安心。

かけてきた相手の番号がわかる
可以知道對方打來的電話號碼。

いたずら電話やセールス電話もシャッ
トアウト
斷絕惡作劇電話或商業性電話。

① 相手の電話番号をダイヤル
撥打對方的電話號碼。

② 発信電話番号を通知
通知發信的電話號碼。

③ 発信電話番号表示
顯示發信的電話號碼。

看圖回答問題

◆ 請將畫底線的部分翻成日文填入框框內。

1 掀開手機。

☐。

2 確認郵件。

メールを ☐。

3 製作手機郵件。

けいたい
携帯のメールを ☐。

4 看發信號碼。

☐ を見る。
み

5 按手機通話鍵。

けいたい
携帯の ☐ を押す。
お

6 等待對方接電話。

☐ 待つ。
ま

7 用手機聊天。

けいたい
携帯で ☐。

8 按下結束按鍵。

☐。

◆ 正解在P.106+107頁

10

這封mail不快點回不行

11:35 a.m. 電子郵件

每天都一定要收信的田中直輝現在坐在電腦前面。
一個晚上所累積的大量郵件正等著他處理。

這個用日文要怎麼說啊

來收個電子郵件吧！

1 輸入ID和密碼後登入。

30封E-mail裡面就有15封垃圾郵件。

2 點選「收件匣」。

山本先生寄來新的訂單了。

3 打開附加文件。

要回信給他。

4 點選寫信。

郵件被退回來了?

5 確認有無錯誤。

若是寄一般的郵件,會花上好幾天吧!

6 點選「傳送」。

清理垃圾郵件吧!

7 點選「垃圾郵件」和
「垃圾桶」的「清空」。

要不要重新加入新功能
比較多的toori-mail呢?

8 登出。

1

來收個**電子郵件**吧!

輸入ID和**密碼**後登入。

（自）ちょっと電子メールの確認をしようかな。

電子郵件

電子メール 可以稱為 Eメール，也可以簡單地稱為 メール。
～かな 是用來詢問自己的表現。
◆ 今日の昼ごはんは何を食べようかな。 今天午餐要吃什麼呢?

（動）IDとパスワードを入力してログインする。

　　密碼　　　　　　　　　　　　　　登入

2

30封E-mail裡面就有15封
垃圾郵件。

點選「收件匣」。

（自）電子メール30通に迷惑メールが15通!

　　　　　　　　　垃圾郵件

（動）「受信トレイ」をクリックする。

　　収件匣

受信トレイ 也可以稱為 受信箱 或 受信ボックス。反之，「寄
件匣」可以稱為 送信トレイ、送信箱、送信ボックス……等。

3

山本先生寄來新的**訂
單**了。

打開**附加文件**。

（自）山本さんが新しい注文書を送ってきたんだ。

　　　　　　　　　　訂單

（動）その添付ファイルを開ける。

　　　　附加文件

◆ 添付 附加
卒業証明書を添付して願書を出した。提交了附上畢業證書的申請書。

4

要回信給他。

點選**寫信**。

（自）返信しよう。

回信

（動）「メール作成」をクリックする。

　　寫信

「寫信」的中文強調「寫」這個字，但日文是用「作成」這
個單字。

5

郵件被退回來了？

確認有無錯誤。

🔵 メールが送<small>おく</small>り返<small>かえ</small>されてきたじゃん。

退回、送回

◆ 送<small>おく</small>り返<small>かえ</small>す 退回、退還 (=返送<small>へんそう</small>する)
在庫分<small>ざいこぶん</small>はすべて送<small>おく</small>り返<small>かえ</small>した。 把庫存全部退回。

🔴 エラーを確認<small>かくにん</small>する。

確認錯誤。

6

若是寄一般的郵件，
會花上好幾天吧！

點選「傳送」。

🔵 普通<small>ふつう</small>の郵便<small>ゆうびん</small>だったら何日<small>なんにち</small>もかかるだろう。

如果是普通的郵件

句子中的「も」有強調「為數很多」的功能。
◆ 昨日<small>きのう</small>は15時間<small>じかん</small>も寝<small>ね</small>たよ。 昨天我竟睡了15個小時。
（も 強調了15個小時是很多的）

🔴 「送信<small>そうしん</small>」をクリックする。

寄信

「寄信」是使用「送信」的漢字詞來表現。

7

清理垃圾郵件吧！

點選「垃圾郵件」和
「垃圾桶」的「清空」。

🔵 迷惑<small>めいわく</small>メールを消<small>け</small>そう。

清除吧！

🔴 「迷惑<small>めいわく</small>メール」と「ごみ箱<small>ばこ</small>」の「空<small>から</small>にする」
をクリックする。 垃圾桶 清空

◆ 迷惑<small>めいわく</small> 麻煩、為難、打擾
人<small>ひと</small>に迷惑<small>めいわく</small>をかけてはいけない。 不行給人添麻煩。

8

要不要重新加入新功能比
較多的toori-mail呢？

登出。

🔵 新<small>あたら</small>しい機能<small>きのう</small>が多<small>おお</small>いトゥリメールに新規加入<small>しんきかにゅう</small>し
ようかな。 重新加入

＊トゥリ（toori）是一個公司名。

🔴 ログアウトする。

登出

這個你一定要知道 !!

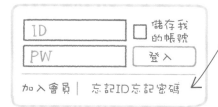

帳號名稱		確認是否可使用的ID（英文／數字6～20字以內）
密碼		（英文／數字6～20字以內）
請再重複輸入一次密碼		
查詢密碼時的問題	印象最深刻的約會方是？	✓
查詢密碼時的問題答案		
姓名		
身分證字號	—	
地址	—	查詢郵遞區號
		基本地址
		備個地址

ID・パスワード忘れについて

找尋ID或密碼

※這是日文「關於忘記ID或密碼」的表現。

IDとパスワードを忘れちゃった。

我忘記ID和密碼了。

◆忘れる 忘記、遺忘

使用できるIDか確認

確認是否為可使用的ID

※這是日文「確認是否為可使用的ID」的表現。

パスワード再入力

確認密碼

※這是日文「再次輸入密碼」的表現。

文字化けする

文字變成亂碼

漢字と平仮名の部分が文字化けしてしまいます。

漢字和平假名的部分文字變成亂碼。

◆化ける 變成、意料外的變化

顔文字

表情符號（emoticon）

舌を出しているかわいい顔文字を作ったよ。

做出了伸舌頭的可愛表情符號。

メールをやり取りする

往來電子郵件

高校時代の友達と頻繁にメールをやり取りしている。

和高中時期的朋友頻繁地往來電子郵件。

メールアドレス

電子郵件地址

メールアドレスを人に教える時、長くて困ったことない？

在告訴他人電子郵件地址時，是否曾因為太長而感到困擾呢？

アットマーク

小老鼠符號（＠）

メールアドレスに使われているおなじみのアットマークは元々単価記号でした。

使用在電子郵件地址上的親切小老鼠符號，本來是表示單價的符號。

アドレス帳

通訊簿

1個のアドレス帳には、最大で300件のアドレス、30個のグループを登録できる。

一個通訊錄上，最多可以登録300個地址和30個群組。

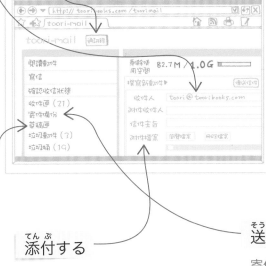

送信者

發信者、寄信者

迷惑メールの送信者たちはより高度な手法を使うようになった。

垃圾郵件的發信者們現在使用的手法越來越高明。

◆ 宛先(=受信者) 收件者、收信處
◆ より 比…更

添付する

附上、附加

保存ファイルをメールに添付する。

將儲存的檔案附加在電子郵件上。

送信済みトレイ

寄件匣

昨日送信したメールが「送信済みトレイ」に残っていない。

昨天寄出的電子郵件沒有在「寄件匣」內。

※送信トレイ指的只有「寄出的郵件箱」的意思，送信済みトレイ則是指「傳送完成的郵件箱」的意思，表示可以確認寄信的項目。

下書き

草稿匣

急いで出かけることになって、書きかけのメールを「下書き」に入れておいた。

因為得要趕緊出門的緣故，所以將沒寫完的郵件暫存在草稿匣裡。

※下書きは「草稿、草案」的意思，相當於信箱項目中的「草稿匣」或「記事本」。

書き込みをする

上傳文章

掲示板に書き込みをする。

在留言板上上傳文章。

レスをする

回答、答覆

新聞記事にレスをする。

在新聞報導上做回覆。

※**レス** 是〔response(レスポンス)應答、
對答、對應〕的省略表現。

ウィルスに感染する

感染病毒

**インターネットからダウンロードするファイルを
介してウィルスに感染することもある。**

也可能透過從網路上下載的檔案而感染到病毒。

※**ウィルスを駆除する** 清除病毒

スルー（through）

無回覆

**不愉快な書き込みはスルー
してもいいよ。**

令人不愉快的文章不回覆也沒關係。

※through聽到（質問等）後直接略過。

RSSリーダー

RSS reader

**RSSリーダーを使うことによって、大幅に
時間を短縮できるようになりました。**

隨著RSS reader的使用，可以大幅度地縮短時間。

受信拒否

拒收來信、黑名單

**「受信拒否」の設定で、その人からのメールを
受信しないようにできるよ。**

設定「黑名單」可以有效阻擋該人寄來的信件。

転送

傳送、傳達

パソコンから携帯に音楽を転送する。

將音樂從電腦傳送到手機裡。

新聞報導　　部落格　　入口網站

RSS reader

1. 請問畫面變得怎麼樣了呢？請從文章中找出答案。

（「必ず実行してください」の画面が文字化け
している例）

單字核對	
必ず（かなら）一定、務必	実行（じっこう）執行
画面（がめん）畫面	例（れい）例子

ko
ふゆかいな書き込みは
スルーしてもいいよ。

2. 請問下面是什麼網站呢？

★ 顔文字屋さん ★
ヽ(｀▽´)ﾉ ﾟﾟ｡

じゅしんきょ
じゅしんきょ

てんそう
転送

パソコンから
けいたい

3. 請問下面是什麼文件夾呢？

單字核對	フォルダー
フォルダー 文件夾	
迷惑（めいわく）麻煩、打擾、煩人	

Answer：**1. 文字化け（もじば）けしている** 文字變成亂碼　**2. 顔文字（かおもじ）** 表情符號情報網站　**3. 迷惑（めいわく）メール** 垃圾郵件

◆ 請將畫底線的部分翻成日文填入框框內。

1 輸入ID和**密碼**後**登入**。

IDと パスワード を入力^{にゅうりょく}して

ログイン 。

2 點選「**收件匣**」。

「 じゅしんトレイ 」をクリックする。

3 打開**附加文件**。

その ふぁいる
添ヶキ ファイル^あを開ける。

4 點選**寫信**。 メール作成 さくせい

「 かきこみ 」をクリックする。

さくせい
作成

5 確認有無錯誤。

エラーを 確認 。

6 點選「**傳送**」。

「 そんしん 」をクリックする。

7 點選「垃圾郵件」和「**垃圾桶**」的「**清空**」。

「迷惑メール」^{めいわく}と「 ごみばこ 」

の「 空じ 」をクリックする。

8 **登出**。

ログワード 。

ログアウト

ログアウト

◆ 正解在P.116+117頁

11:40 a.m. 電腦

　　現在電腦已經成為了「家電用品」了。如果辦公室裡沒有電腦，那所有的業務恐怕都會癱瘓。有時候，電腦也會無預警罷工，讓桐谷小梅飽受壓力。

這個用日文要怎麼說啊

把剛才儲存好的文件叫出來。

1 點選開啟。

要不要換個字體啊？

2 點選「**格式**」後，
選擇「**字型**」。

更改檔名吧！

3 點選「**另存新檔**」。

現在把文件結束掉吧！

4 點選「**關閉**」。

◆ 請試著想想看用螢光筆標示出的部分日文該怎麼說，再將答案寫在框框裡

咦～電腦**當機**了耶！

5 **重新啟動**電腦。

終於**修好**了。

6 **鬆了一口氣**。

啊！怎麼會這樣，
剛才的**檔案不見了**耶！

7 **慌張**。

這台電腦…一定是**中毒**了。

8 **復原檔案**。

1

把剛才**儲存好**的文件**叫出來**。

點選開啟。

🔵 さっき保存した文書を呼び出そう。

　　　儲存的　　　　　　　　　叫出來

雖然中文是講「儲存」，但日文則是講「保存」。

🔴 「開く」をクリックする。

點擊「開啟」。

2

要不要換個**字體**啊？

點選「**格式**」後，

🔵 フォントをちょっと変えようかな…

　　字體

「フォント（font）」的意涵包括了文字的大小與文字的模樣。

◆ 書体 字體

🔴 「書式」をクリックして「フォント」を選ぶ。

　　格式

3

選擇「字型」。
更改**檔名**吧！

點選「**另存新檔**」。

🔵 ファイル名を変えよう。

　　檔名

🔴 「名前をつけて保存」をクリックする。

　　　儲存其他檔名

日文則是以「取上名字後儲存」的方式來表現。

4

現在把**文件**結束掉吧！

點選「**關閉**」。

🔵 文書作成はもう終わりにしよう。

　　寫文章

🔴 「終了」をクリックする。

　　結束、關閉

5

咦～電腦當機了耶！

重新啟動電腦。

🔵 **あれっ、パソコンがフリーズしてる。**

不會動

フリーズ 是起源於英語的 freeze(冰凍)，有「不動」、「不准動」意思。另外，也有「電腦當機」的意思。

🔴 **パソコンを再起動（さいきどう）する。**

重新啟動

日文將「重新啟動」以「再起動」來表現。

6

終於修好了。

鬆了一口氣。

🔵 **やっと直（なお）った。**

修復了。

🔴 **ほっとする。**

鬆了一口氣。

ほっとする 表示將自己緊張或擔心事情解決後，「呼～」鬆一口氣的模樣。

7

啊！怎麼會這樣，剛才的檔案不見了耶！

慌張。

🔵 **えっ、なにこれっ、先（さっき）のファイルが消（き）えてしまった。**

不見了、消失了

「資料不見了」另外可以使用 飛（と）ぶ（飛／沒有了／飛走了）這個動詞，也可以使用 飛（と）んでしまう（て 後面加了 しまう 含有遺憾之意）。

🔴 **あわてる。** 慌張、慌忙

相似狀況的表現用語還有 焦（あせ）る（焦急、急躁、心急）、いらいらする「著急、不安」等。

8

這台電腦…一定是中毒了。

復原檔案。

🔵 **このパソコン…ウィルスに感染（かんせん）してるに違（ちが）いない。**

沒錯、一定是

◆ 彼（かれ）は犯人（はんにん）に違（ちが）いない。 他是犯人沒錯。

🔴 **ファイルを復元（ふくげん）する。**

復原

パソコン

個人電腦

パソコンを買うなら、まずは価格のチェックをした方がいい。如果要買電腦，最好是先看一下價格比較好。

パソコン音痴

電腦白癡

パソコン音痴なので、初歩的なことから教えて欲しい。
因為我是電腦白癡，所以希望你能從最簡單的開始教我。

※音痴是指音癡或特定感覺遲鈍的意思，所以有（該方面）白癡的用法。
◆方向音痴 路癡

ノートパソコン

筆記型電腦

新しいノートパソコンがほしい。
想要一台新的筆記型電腦。

パワーポイント

PowerPoint

パワーポイントを使って発表する。
使用PowerPoint進行發表。

エクセル

Excel

情報リストをエクセルで作成する。
用Excel做資料清單。

フォルダー

文件夾

フォルダーとは、ファイルを入れておく箱のようなものだ。文件夾就像是存放文件的箱子一樣的東西。

◆ような 和…一樣的
　スカートのようなユニークなパンツ 像裙子的特色褲子。

キーボード

鍵盤

誤ってノートパソコンのキーボードにジュースをかけてしまいました。
不小心將果汁灑在筆記型電腦的鍵盤上。

◆かける 灑、噴淋、潑　胡椒をかける 灑胡椒

エスケープキー

Esc鍵

画面全体に、何か表示された時にエスケープキーを押してみると抜けられる場合がある。

當整個畫面顯示著某樣東西時，如果按下Esc鍵就可以跳出來。

エンターキー

Enter鍵

マウスの左クリックをキーボードのエンターキーで行いたいのですが、方法を教えてください。

我想利用鍵盤上的Enter鍵執行點擊滑鼠左鍵的功能，請教我該怎麼做？

インサートキー

Insert鍵

間違えてインサートキーを押してしまうことが多い。

經常不小心按到Insert鍵。

デリートキー

Delete鍵

デリートキーを押すとファイルはゴミ箱へ移動する。

如果按下Delete鍵，檔案便會移動到垃圾桶內。

シフトキー

Shift鍵

シフトキーを押すと画面が消える。

如果按下Shift鍵，畫面就會消失。

マウス

滑鼠

マウスでドラッグして切り取りする。

拖曳滑鼠剪裁（檔案）。

左クリック

滑鼠左鍵

突然、マウスの左クリックができなくなって、パソコンが故障したかと思って焦ってしまった。 滑鼠左鍵突然失靈，想說是不是電腦壞掉了？著急得像熱鍋上的螞蟻一樣。

◆ 突然 突然

Esc

Enter

Shift

Insert

Delete

周辺機器を取り付ける

安裝周邊器材

周辺機器を取り付ける時は、次のことに注意してください。

在安裝周邊器材時，請注意下列事項。

モニター

螢幕

昨日からデスクトップパソコンのモニター**の調子がおかしい。**

從昨天開始桌上型電腦螢幕的狀態就很奇怪。

◆調子 狀態、狀況、音調

スピーカー

喇叭

スピーカー**の音質が悪い。** 喇叭的音質很差。

プリンター

印表機

※作動 注意不要念成「さくどう」。

プリンター**が接続してもうまく作動しません。**

即使連接上印表機，也無法順利啟動。

プリントアウトする

列印

すべてA4サイズでプリントアウト**してね。**

全部以A4的大小列印。

起動する

啟動電腦

起動する**たびに、エラーの表示が出ます。**

每次啟動電腦，都會出現錯誤的訊息。

◆たびに 每次…的時候　**東京に行くたびに上野公園に行った。**

每次去東京的時候，都會去上野公園。

CDを焼く

燒錄CD

パソコンでCDを焼く**のはどうやるんですか？** 要怎麼用電腦燒錄CD片呢？

1. 請問下圖是賣什麼的地方呢？請從照片中找出答案，並且將答案圈起來。

| 單字核對

ショップ Shop（商店、店鋪）　取り扱い 操縱、管理、經銷

アイテム 項目（商品、物品）　増加中 增加中

2. 請問下面的物品稱為什麼？

3. 請問下圖是有關什麼的廣告？

| 單字核對　　　　　　　| 文句解析

お得 有利、利益、好處　　周辺機器　　　　　　周邊器材

情報 情報　　　　　　　お得な情報はこちら！　好康的情報在這裡！

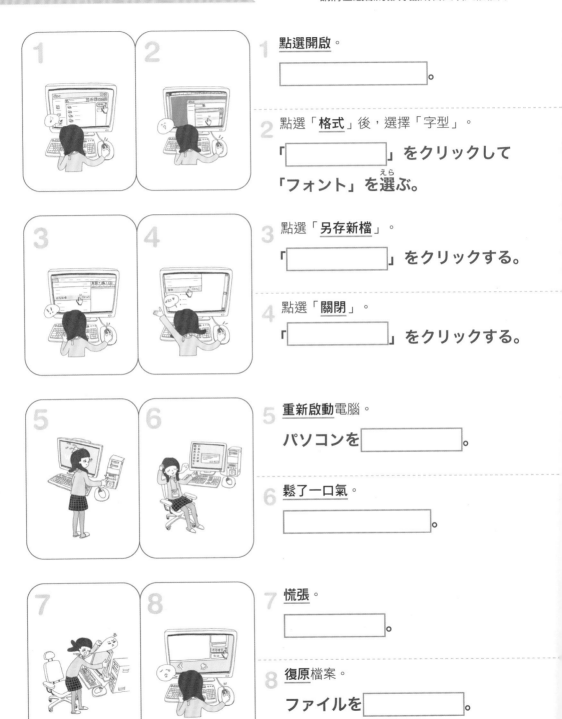

◆ 請將畫底線的部分翻成日文填入框框內。

1 點選開啟。

□_____。

2 點選「**格式**」後，選擇「字型」。

「_____」をクリックして
「フォント」を選<ruby>ぶ<rt>えら</rt></ruby>。

3 點選「**另存新檔**」。

「_____」をクリックする。

4 點選「**關閉**」。

「_____」をクリックする。

5 **重新啟動**電腦。

パソコンを_____。

6 **鬆了一口氣**。

_____。

7 **慌張**。

_____。

8 **復原**檔案。

ファイルを_____。

◆ 正解在P.126+127頁

132+133

12

該看哪部電影呢？

11:50 a.m.

桐谷小梅決定和好久沒連絡的百合一起看部電影，
一起吃好吃的東西，所以在網路上訂票了。

用網路買電影**預售票**吧！

1 進入TOHO CINEMAS**電影院**的網頁。

最近有什麼電影正在上映啊？

2 看各種電影的**廣告**。

有什麼有趣的片子呢？看**預告片**吧！

3 看預告片，閱讀劇情**大綱**。

這個好像很有趣！
星期六下午的票該不會都
賣完了吧？

4 點選**上映時間**。

◆ 請試著想想看用螢光筆標示出的部分日文該怎麼說，再將答案寫在框框裡

5

耶！還有票！

選擇4點30分的場次。

6

「選擇人數」點選2

購買成人票兩張。

7

到這禮拜的週末為止是折價券的有效期限。

輸入折價券號碼。

8

完成購票！

記下「預約號碼」。

1

用網路買電影**預售票**吧!

進入TOHO CINEMAS **電影院**的網頁。

目 インターネットで映画の前売り券を買おう。
　　　　　　　　　　　　　　　　　預售票

前売り券 的相反就是 当日券（當日票）。
◆ 割引券 折價券

動 TOHO シネマズ映画館のホームページに入る。
　　　　　　　　　　電影院

2

最近有什麼電影
正在上映啊?

看各種電影的**廣告**。

目 今、どんな映画が上映してるのかな。
　　　　　　　　　　　正在上映

動 いろんな映画の広告を見る。
　　　　　　　　　廣告

◆ コメディー 喜劇　　◆ ホラー映画 恐怖電影
◆ アクション映画 動作片　◆ エスエフ映画 科幻電影
◆ アニメ(＝アニメーション) 動畫片　◆ 家族向けの映画 家庭電影

3

有什麼有趣的片子呢?
看**預告片**吧!

看預告片,閱讀劇情**大綱**。

目 何がおもしろいんだろう?予告編を見てみよう。
　　　　　　　　　　　　　　　　　預告片

動 予告編を見てあらすじを読む。
　　　　　　　　　大綱、概要、概略
◆ 文学作品のあらすじを紹介する。 介紹文學作品的概要。

4

這個好像很有趣!
星期六下午的票該不會都
賣完了吧?

點選上映時間。

目 これ、おもしろそう。まさか土曜日の午後の
チケット、売り切れじゃないだろうね。
　　　　　　賣光、賣完
売りきれる 是動詞,有「賣光、賣完」的意思。

動 「上映時間」をクリックする。
　　上映時間

5

耶！還有票！

選擇4點30分的場次。

自 よかった、チケットある！
有票

動 4時<ruby>30<rt>じ</rt></ruby>分<ruby>の<rt>ぷん</rt></ruby>映画<ruby>を<rt>えい が</rt></ruby>選択<ruby>する<rt>せんたく</rt></ruby>。
選擇

6

「選擇人數」點選2

購買成人票兩張。

自 「人数選択<ruby><rt>にんずうせんたく</rt></ruby>」は2にして。
選擇人數
人数<ruby><rt>にんずう</rt></ruby>是「人員數」的意思。
◆ 大人数<ruby><rt>おおにんずう</rt></ruby> 很多人　少人数<ruby><rt>しょうにんずう</rt></ruby> 很少人

動 大人<ruby><rt>おとな</rt></ruby>2枚<ruby><rt>まい</rt></ruby>を購入<ruby>する<rt>こうにゅう</rt></ruby>。
大人、成人

7

到這禮拜的週末為止是折價券的有效期限。

輸入折價券號碼。

自 今週末<ruby><rt>こんしゅうまつ</rt></ruby>までが割引券<ruby><rt>わりびきけん</rt></ruby>の有効<ruby>期間<rt>ゆうこう き かん</rt></ruby>だから。
折價券
今週末<ruby><rt>こんしゅうまつ</rt></ruby> 是 今度<ruby>の週末<rt>こん ど しゅうまつ</rt></ruby> 的縮寫。
◆ 値引き<ruby><rt>ね び</rt></ruby> 減價　割り増し<ruby><rt>わ ま</rt></ruby> 增額

動 割引券番号<ruby><rt>わりびきけんばんごう</rt></ruby>を入力<ruby>する<rt>にゅうりょく</rt></ruby>。
輸入

8

完成購票！

記下「預約號碼」。

自 購入完了<ruby><rt>こうにゅうかんりょう</rt></ruby>！
購買結束

動 「予約番号<ruby><rt>よ やくばんごう</rt></ruby>」をメモする。
預約編號

編註 本課教的重點是用電腦線上購票的日文，故與TOHO CINEMAS的網頁購票流程不盡相同。

封切り
ふうき

首映

見たい映画があるけど、まだ封切り前だ。
み えい が ふうき まえ

我有想看的電影，但還沒首映。

映画のレビュー
えい が

影評 (=映画の評価)
えい が ひょうか

レンタルで映画を見る前にレビューを見て他の人々が下した評価を参考にする。
み まえ み ほか ひとびと くだ ひょうか さんこう

租電影來看之前，會先看影評並且參考其他人所給的評價。

◆映画批評 電影批評（影評）
えい が ひ ひょう

興行成績
こうぎょうせいせき

票房成績

その映画は公開後すでに10週目に
えい が こうかい ご しゅう め
入っているにも関わらず、興行成績
はい かか こうぎょうせいせき
1位を獲得した。
い かくとく

雖然那部電影從首映到現在已經進入第10週
了，但仍獲得票房成績第一名。

試写会
し しゃかい

試映會

映画の試写会に応募したが一度も
えい が し しゃかい おう ぼ いち ど
当たらない。
あ

雖然參加過電影試映會抽獎活動，但一次
也沒抽中。

評分與20字評論			
評分	20字評論	寫文章者	日期
★★★	比想像中的爱好一些…呵呵	moka123	06.21
★★★★★	太好看了！既感人又美麗的愛情電影	love321	06.21
★★★☆	主題曲很棒！音樂好聽！	bambi123	06.21
★★★★	流眼淚了…	babbi999	06.21
☆	很煩的詩片	your777	06.21

⏮ 1 2 3 4 5 ⏭

等級をつける
とうきゅう

（電影）分級

インターネットの映画にも年齢別に観覧等級をつける制度が導入される。
えい が ねんれいべつ かんらんとうきゅう せい ど どうにゅう

網路電影也引進了依照年齡別定觀看等級的制度。

Tip 〈日本的電影等級〉
未滿18歲禁止觀看的情況是[R-18] R指定(18歲未滿禁止)／未滿15歲禁止觀看的情況是[R-15]
し てい さい み まんきん し
未滿12歲要與保護人一起觀看[PG-12]／無年齡限制［一般 一般］
いっぱん
※[R]是代表[Restricted-限制的、侷限的／觀賞電影時，未滿17歲者必須與父母一同觀看]。
[PG]是代表[Parental Guidance-父母的指導]。

Box Office

切符売り場
售票口
朝早くから切符売り場に並ぶ映画ファンの列。

從一大早開始，售票口前就有排隊的電影迷。

◆切符 票、入場券、車票

キャンセル
取消 (=取り消し)
予約をキャンセルしたいんですが…

我想取消預約。

助演
配角
彼は10年ぶりに助演男優賞にノミネートされました。

相隔10年後，他再度被提名為男配角獎的候選人。

◆助演女優賞 女配角獎　◆ノミネート(nominate) 提名；指定

主演
主角、主演
大好きなタレントさんの初主演映画なので、必ず見に行きます。因為這是我非常喜歡
的演員所主演的第一部電影，所以一定會去看。

わき役
(戲劇、電影等) 配角
目立たないわき役でも彼らがいないと映画は成り立たない。即使他們只是不起眼的配角，但如果
沒有他們，電影就無法拍攝完成。◆エキストラ 臨時演員

相手役
搭檔（一同演出對手戲的角色）
俳優の鈴木拓哉のドラマの相手役を公募している。

正在招募演員鈴木拓哉的電視劇搭檔。

◆公募 招募、徵集

上映時間
上映時間　　◆向く 面向、朝向／適合、相配
面白そうな映画を選んだのですが、上映時間が
予想以上に長くて、初デートには向いてないと
思いました。雖然選了一部看似有趣的電影，卻沒想到
上映時間那麼長，我認為不太適合安排在第一次約會。

東京航空奇線
影片全長：120分

売店 <ruby>売店<rt>ばいてん</rt></ruby>

販賣部、小舖

<ruby>映画館<rt>えいがかん</rt></ruby>の<ruby>売店<rt>ばいてん</rt></ruby>で<ruby>売<rt>う</rt></ruby>ってるコーラやポップコーンは<ruby>高<rt>たか</rt></ruby>すぎる。

在電影院販賣部賣的可樂和爆米花貴得很離譜。

<ruby>自動販売機<rt>じどうはんばいき</rt></ruby>

自動販賣機 (=自販機)

<ruby>自販機<rt>じはんき</rt></ruby>のジュースなどの<ruby>賞味期限<rt>しょうみきげん</rt></ruby>は<ruby>大丈夫<rt>だいじょうぶ</rt></ruby>なんでしょうか？

自動販賣機賣的果汁等飲料的有效期限沒問題嗎？

◆ <ruby>賞味期限<rt>しょうみきげん</rt></ruby>（可以安全品嚐食品的期限）有效期限

<ruby>座席<rt>ざせき</rt></ruby>

座位、座席

<ruby>私<rt>わたし</rt></ruby>たちの<ruby>座席<rt>ざせき</rt></ruby>は<ruby>D列<rt>れつ</rt></ruby>の<ruby>真<rt>ま</rt></ruby>ん<ruby>中<rt>なか</rt></ruby>の<ruby>席<rt>せき</rt></ruby>だ。

我們的坐位在D排的中央位子。

<ruby>入場<rt>にゅうじょう</rt></ruby>

入場

<ruby>入場<rt>にゅうじょう</rt></ruby>は<ruby>無料<rt>むりょう</rt></ruby>です。入場免費。

◆ <ruby>入場券<rt>にゅうじょうけん</rt></ruby> 入場卷　<ruby>入場料<rt>にゅうじょうりょう</rt></ruby> 入場費

<ruby>観客<rt>かんきゃく</rt></ruby>を<ruby>魅了<rt>みりょう</rt></ruby>する

吸引觀眾；令人陶醉

<ruby>彼女<rt>かのじょ</rt></ruby>は<ruby>子役<rt>こやく</rt></ruby>の<ruby>演技<rt>えんぎ</rt></ruby>で<ruby>観客<rt>かんきゃく</rt></ruby>を<ruby>魅了<rt>みりょう</rt></ruby>する。她以童星的演技迷倒觀眾。

エンドロール

電影結束字幕

エンドロールは海外では通用しない和製英語で、主にアメリカでは「エンドクレジット」と言う。 エンドロール在國際上是不流通的和製英語，在美國通常稱為「ending credit」。

※日式的英語表現也還可以稱作「**スタッフロール**」。

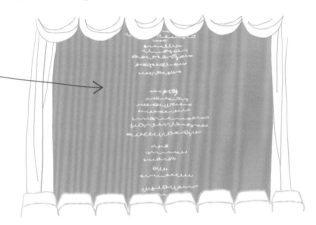

大当たり

大紅、大成功 (=大ヒット)

映画の興行が大当たりして、無名の俳優が有名になった。
因為電影票房大紅，所以沒沒無名的演員一夕之間都變得有名了。

公演

公演

東京公演は来月からです。
東京的公演從下個月開始。

かいぞくばん
海賊版

海賊版

海盜版、盜版

せいきひん
正規品

海賊版は正規品を違法に複製し制作したものだ。
盜版是違法將正版品複製所製作而成的產品。

ふ か
吹き替え

吹き替え

（影片）配音

映画を見るなら、字幕と吹き替えどっちがいいですか?
看電影的時候，要看字幕還是聽配音好呢？

1. 請問下面是可以便宜買到什麼的廣告？

單字核對			文句解析
最大 (さいだい) 最大、最多	お得 (とく) 利益		ローチケの映画チケットはココがポイント！ Lawson ticket 的電影票好康請睜大眼睛注意！
発券 (はっけん) 發行	可能 (かのう) 可能		前売り券 (まえうりけん) が最大 (さいだい) 500円 (えん) オトク！ 預售票最多可多得（省）500日元！
購入 (こうにゅう) 購買			Loppiで24時間 (じかん) チケットの発券 (はっけん) が可能 (かのう)！ Loppi24小時販賣電影票！

編註 ローチケ（Lawson ticket）是日本知名連鎖便利商店 Lawson 的購票系統，而 Loppi 則是那台操作
的終端機。類似台灣 7-11 裡的 i-bon 服務。

2. 請問下面是專為什麼身分而舉辦的電影欣賞會呢？

單字核對			文句解析
臨場感 (りんじょうかん) 臨場感	溢れる (あふれる) 溢出、充滿		臨場感 (りんじょうかん) あふれる戦場 (せんじょう) を体感 (たいかん)！ 充滿臨場感的戰場體驗！
戦場 (せんじょう) 戰場	体感 (たいかん) 親身體會		女性限定鑑賞会 (じょせいげんていかんしょうかい) 限定女性參加的欣賞會
限定 (げんてい) 限定	鑑賞会 (かんしょうかい) 欣賞會		
アンケート結果発表 (けっかはっぴょう) 問卷調查的結果發表			アンケート結果発表 (けっかはっぴょう)！ 問卷結果發表

3. 請問下圖所要告知訊息的是什麼？

┃ 單字核對
開幕 開幕 （かいまく）
国際 國際 （こくさい）
映画祭 電影節 （えいがさい）

4. 請問在這個網站上可以看到的是什麼？

┃ 單字核對

劇場 劇院 （げきじょう）　　　公開中 首映中 （こうかいちゅう）
見られる 可以看到 （み）　　　さらば 再見、再會
哀しみ 哀傷 （かな）

┃ 文句解析

劇場公開中の映画が （げきじょうこうかいちゅう えいが）
在電影院首映中的電影
今ここで見られる！ （いま み）
現在可以在這裡看到！

5. 請問下面所看到的電影結束字幕，日文稱之為什麼？

Answer：1. 前売り券 （まえうり けん） 電影預售票　2. 限定女性　3. 東京國際電影節開幕日　4. 電影院上映中的電影　5. エンドロール

◆ 請將畫底線的部分翻成日文填入框框內。

1 進入TOHO CINEMAS**電影院**的網頁。

TOHO シネマズ[＿＿＿＿＿＿＿]のホームページに入_{はい}る。

2 看各種電影的**廣告**。

いろんな映画_{えいが}の[＿＿＿＿＿＿＿]を見_みる。

3 看預告片，閱讀劇情**大綱**。

予告編_{よこくへん}を見_みて[＿＿＿＿＿＿＿]を読_よむ。

4 點選**上映時間**。

「[＿＿＿＿＿＿＿]」をクリックする。

5 **選擇**4點30分的場次。

4時30分_{じ ぷん}の映画_{えいが}を[＿＿＿＿＿＿＿]。

6 購買**成人票**兩張。

[＿＿＿＿＿＿＿]2枚_{まい}を購入_{こうにゅう}する。

7 **輸入**折價券號碼。

割引券番号_{わりびきけんばんごう}を[＿＿＿＿＿＿＿]。

8 記下「**預約號碼**」。

「[＿＿＿＿＿＿＿]」をメモする。

◆ 正解在P.136+137頁

13

今天的午餐是牛排

12:20 a.m. 餐廳

田中直輝對公司附近的餐廳不太熟悉，就請桐谷小梅帶路，並以請吃午餐來答謝她。桐谷小梅在內心裡暗自欣喜。

這家餐廳的牛排最好吃。

1 看菜單。

您要點什麼呢？

我今天想吃鮭魚排。

2 呼叫服務生。

抱歉，我要點餐。

我要鮭魚排餐。

3 將餐巾**鋪**在大腿上。

今天午餐送來得**有點慢**。

4 看著將餐點**送來**的服務生。

好像很好吃，要流**口水**了呢！

5　切牛排。

哎呀！醬料**打翻**了！

6　用餐巾**擦拭**桌子。

餐桌禮儀中最重要的一點是？就是嘴巴**裡**有食物時，不要說話。

7　嘴巴閉著**咀嚼**食物。

我要**結帳**。

8　請服務生**幫忙**結帳。

1

這家餐廳的牛排最好吃。

(對) **このレストランはステーキが一番おいしいです。**
好吃、美味

雖然最近的年輕人經常使用 うまい 來取代 おいしい，但也是有人會聽起來不舒服，因此最好有選擇性地使用比較好。うまい 除了有「美味、好吃」的意思外，也有「手藝好、高明」等的意思。

(動) **メニューを見る。**
看菜單

看菜單。

2

您要點什麼呢？
我今天想吃鮭魚排。

(對) **何にしますか？** 您要點什麼？
～にする 有「判斷、決定、選擇」的意涵。
◆ 私は紅茶にするけど、あなたは？ 我要喝紅茶，你呢？
私、今日はサーモンステーキが食べたいんですけど。
鮭魚排餐

(動) **ウェイターを呼ぶ。**
呼叫服務生

呼叫服務生。

3

抱歉，我要點餐。
我要鮭魚排餐。

(對) **すみません、注文お願いします。サーモンス
テーキにします。** 抱歉（呼叫服務生用語，非真正致歉）
在日本，有些大叔級的常客到了餐廳時，會使用「おばちゃん（歐巴桑）、おねえちゃん（大姐）、おい、ちょっと（喂、這裡）」等的表現，但這樣使用並不適當。一般來說，都還是使用 すみません。

(動) **ナプキンを膝の上に広げる。**
鋪開、展開

將餐巾鋪在大腿上。

4

今天午餐送來得有點慢。

(自) **今日は料理が出るのがちょっと遅いな。**
遲、晚
如果餐點一直遲遲未送來，就向服務生說一句 注文したもの
がまだ来ません（我點的餐還沒送來喔！）吧！

(動) **料理を運んでくるウェイターを見る。**
送來、帶來

看著將餐點送來的服務生。

5

好像很好吃，要流口水了呢！

切牛排。

對 おいしそう。

自 よだれが出ちゃう。

口水
出ちゃう 和 出てしまう 是同一個意思，經常使用在會話中。
◆ よだれを垂らす 流口水

動 ステーキを切る。
切

6

哎呀！醬料打翻了！

用餐巾擦拭桌子。

自 あっ、ソースをこぼしちゃった。

灑出來了（灑、打翻／發牢騷）
◆ コーヒーをこぼす 打翻咖啡　愚痴をこぼす 發牢騷

動 テーブルをナプキンで拭く。
擦、擦拭

7

餐桌禮儀中最重要的一點是？就是嘴巴裡有食物時，不要說話。

嘴巴閉著咀嚼食物。

自 テーブルマナーで一番大事なことは？口の中に
食べ物を入れたまま話してはいけないこと。

裝進去的樣子
〜たまま 表示動作狀態持續的樣子，〜てはいけない 則表禁
止，相當於「不行做…」。
◆ ワンピースを着たまま寝ている。 穿著連身洋裝睡覺。

動 口を閉じて噛む。
嚼

8

我要結帳。

請服務生幫忙結帳。

對 お勘定お願いします。

我要結帳。
也可以說 お会計お願いします。
◆ 勘定 結算、計算／支付鉅款

動 ウェイターにお勘定を頼む。
麻煩對方、拜託對方

Tokyo Restaurant

前菜 (ぜんさい)

前菜、開胃菜 (=アペタイザ)（正式用餐前用來開胃的餐點）

手軽 (てがる) に作 (つく) れる前菜を紹介 (しょうかい) します。

我來介紹既輕鬆又好做的前菜。

和風 (わふう) ドレッシング

和風醬料（利用柚子汁等材料製作出的醬料）

ドレッシングはカロリーが低 (ひく) い和風 (わふう) ドレッシングにする。

搭配的醬料我決定選低卡路里的和風醬料。

サラダ

沙拉

ポテトサラダを作 (つく) りすぎたので冷凍 (れいとう) した。

因為做太多馬鈴薯沙拉，所以將它冷凍起來了。

> **Tip** 日本的餐桌上不會準備很多種小菜，大多是準備蔬菜醃製物
> 或簡單的沙拉當作小菜，所以日本算是常吃沙拉的國家。

メイン料理 (りょうり)

主菜 (=主菜 (しゅさい))

今日 (きょう) のメイン料理 (りょうり) は牛 (ぎゅう) ばら肉 (にく) の赤 (あか) ワイン煮込 (にこ) みです。

今天的主菜是紅酒燉牛五花肉。

◆煮込 (にこ) む 熬、煮爛、煮透

デザート

飯後甜點

デザートまで食 (た) べたら太 (ふと) るから我慢 (がまん) するよ。

如果連飯後甜點都吃掉的話會變胖，我要忍耐。

アラカルト

單點（照菜單單獨點菜）

コースだけでなくアラカルトも可能です。

不只有套餐而已，也可以單點。　◆単品での注文 單點

リゾット

義大利燴飯（Risotto）（在和奶油一起拌炒的米飯上，加入洋蔥、磨菇、肉塊後，和肉汁一起煮的義大利菜）

家でリゾットを作ったんですが、米が鍋底に張り付いて焦げてしまいました。 我在家裡做了義大利燴飯，但因為米飯黏在平底鍋底部，所以燒焦了。◆張り付く 黏、附著

ラビオリ

義大利方形餃（ravioli）（將剁碎的肉和起司等食材，包入麵粉糰內所製成的義大利料理）

ラビオリは平たい四角のパスタの中にチーズ、ポテト、ミンチ、ほうれん草などの材料が入っているものです。 義大利方形餃會在扁平四角的義大利麵條內，加入起司、馬鈴薯、碎肉、菠菜等食材。

◆平たい 扁平、平坦

トルティーヤ

墨西哥玉米薄餅（是將玉米粉磨成麵糰，烤成圓形薄餅的墨西哥料理，內包肉、墨西哥辣椒、洋蔥等食材來吃）

トルティーヤはメキシコ料理の一つである。

墨西哥玉米薄餅是墨西哥料理之一。

グラタン

奶油烤菜

グラタンはフランスの郷土料理の一つである。 奶油烤菜是法式傳統料理的一種。

Tip 日本的家庭餐廳裡，絕不缺席的一道菜，日本人也相當熱愛。

春巻き

春捲

春巻きはパリパリの皮がおいしい。 春捲的酥脆外皮相當美味。

シューマイ

燒賣

私はシューマイが大好きだ。 我非常喜歡燒賣。

雰囲気

氣氛

お洒落な雰囲気のレストランだね。

是個很氣氛很新潮的餐廳呢！

◆ **お洒落** 展現風姿、有看頭、新潮

本日のお勧め(メニュー)

今日的推薦料理

本日のお勧めはえびとトマトのパスタです。

今天的推薦料理是蝦子和番茄義大利麵。

楽しむ

享受、歡度

気軽にフランス料理を楽しんでください。

請您輕鬆愉快地享受法國料理吧！

常連

老主顧、常客 (=常連客)

毎日コーヒーを買っていく常連のお客様が多い。

每天都有很多來買咖啡的老主顧。

グルメ

美食家、精通美食

女性のためのグルメ情報！

專門針對女性製作的美食情報！

大食い

大食量、大胃王

ラーメンの大食いに挑戦しようと思ってる。

我想挑戰拉麵大胃王。

※類似的表現還有**大食漢**。相反地，小食量稱為**小食家**。

定番メニュー
ていばん

客人經常點的招牌菜

定食屋の定番メニューと言ったら、やっぱり鯖の味噌煮定食じゃないでしょうか。

一提到定食屋的招牌菜，不就是味噌鯖魚定食嗎？

消費税
しょう ひ ぜい

消費稅

日本の消費税5%は他の国に比べて低い方だと言われている。

聽說日本的消費稅5%和其他國家相比低了。

Tip 「消費税」是購物時必須由買方額外負擔的稅。在日本，物品價格並未包含稅金，所以即使只有買一個飯糰，也要同時支付5%的消費稅。

請求する
せいきゅう

請求

ホテルやレストランでサービス料を請求するところがある。
りょう
せいきゅう

有些飯店或餐廳，會收取服務費。

ただ

免費

このホテルはただで朝食を提供してくれるんだって。
ちょうしょく ていきょう

聽說這家飯店免費提供早餐。

※〜って在這裡有「傳說、聽說、聽聞」等意涵，有將自己聽到或看到的事物，傳達給其他人的作用，主要使用在會話中。

◆明日雨降るんだって。 聽說明天會下雨。
あした あめ ふ

食べすぎ
た

吃過多、暴食 (=食い過ぎ)

回転寿司で最低でも15皿は食べますが、食べすぎでしょうか？
かいてん ず し さいてい さら た た

在迴轉壽司店裡，至少也要吃15盤，這樣會吃太多嗎？

いか

墨魚、烏賊

今が旬のいかの腸もいか墨も全部使って料理をした。

這個時節的墨魚，連內臟和魷魚墨汁全部都拿來做料理。

◆旬 旺季、味道最好的時期；當季時令

春といえばいちご、夏といえば桃、秋といえば柿、冬といえばみかんというように季節によって旬の果物がある。就像俗話說的，說到春天就是草莓、夏天就是水蜜桃、秋天就是柿子、冬天就是橘子，依照季節的不同，有不同的時節水果。

ファストフード
ファストフード

速食 (=ファーストフード)

弟はファストフード店でバイトをしている。

弟弟在速食店裡打工。

包む

包、包裹

食べ切れないので、包んでください。

吃不完，請幫我打包。

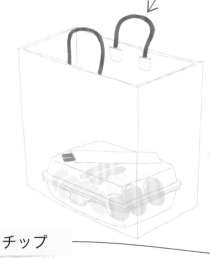

チップ

小費 (=心づけ)

チップはアメリカではごく普通の習慣だそうだ。

聽說給小費是美國極為普遍的習慣。

◆ごく 極為、最

ごく

1. 請問在下列的餐廳菜單中，有包含稅金嗎？

※価格には消費税が含まれています。

▲ハンバーグステーキ

▲ビーフシチュー(パン又はライス付)

| 單字核對

価格 価格　　　　消費税 消費稅
含まれる 包含　　ビーフシチュー 燉牛肉
付 附帶

| 文句解析

価格には消費税が含まれています。
價格包含消費稅（稅金）。

ハンバーグステーキ　漢堡排

ビーフシチュー(パン又はライス付)
燉牛肉（包含麵包或米飯）

2. 請問「客人經常點的招牌菜」稱為什麼？請從下列文章中找出答案。

食材や調理法へのこだわりが光る定番メニュー。旨味と食感のハーモニーが、口いっぱいに広がります。

ロースかつ膳　　　　　　120g 1,150円

ヒレかつ膳　　　　120g 1,250円 150g 1,450円

| 單字核對

食材 食材　　　　　調理法 料理法
こだわり 執著、固執（源自於好意的固執、堅持）
光る 發光　　　　　旨味 美味
食感 口感、食物放入口中的感觸
広がる 擴散、蔓延

| 文句解析

食材や調理法へのこだわりが光る定番メニュー。旨味と食感のハーモニーが、口いっぱいに広がります。
對食材和料理的堅持與執著（用心製作），那份真誠讓閃閃發光的招牌菜、好味道、協調的口感在嘴中擴散。

Answer：1. 消費税が含まれている。 包含消費稅　2. 定番メニュー

◆ 請將畫底線的部分翻成日文填入框框內。

1 看<u>菜單</u>。

1 ⬚。

2 <u>呼叫</u>服務生。

2 ⬚。

3 將餐巾<u>鋪在</u>大腿上。

ナプキンを膝（ひざ）の上（うえ）に ⬚ひろげます。

4 看著將餐點<u>送來</u>的服務生。

料理（りょうり）を ⬚はこんでくる ウェイター
を見（み）る。

ウェイター

5 <u>切</u>牛排。

ステーキを ⬚。

6 用餐巾<u>擦拭</u>桌子。

テーブルをナプキンで ⬚。

7 嘴巴閉著<u>咀嚼</u>食物。

口（くち）を閉（と）じて ⬚。

8 請服務生<u>幫忙</u>結帳。

ウェイターにお勘定（かんじょう）を ⬚。

◆ 正解在P.148+149頁

14

午休時間人潮還是很多

12:50 p.m. 街道

在走回公司的路上，被街道的人潮和招牌吸引的田中直輝，向桐谷小梅問了很多問題。

商店很多呢！
你看有那麼多**招牌**。

1 撥開擁擠的**人群**前進。

這裡是**鬧區**嗎？

燈光和**霓虹燈**在晚上的時候，
好像是拉斯維加斯耶！

2 經過KTV和藥局。

好像新開了一家英語會話
補習班呢！
在那家賣車的店**對面**。

3 拿廣告傳單。

有各種的**路邊小吃**呢！

代表性小吃是什麼？

4 看路邊攤和**流動小吃攤**。

我想**搬**到這裡附近的套房。

你有認識的**房仲**嗎？

5　看不動產（房屋）**廣告**。

那個好像是**仿冒的**…。

6　**指著**路邊攤賣的包包。

最近**油價**上漲很多。

7　看加油站的**招牌**。

我想提領現金。

8　往**現金提款機**的方向走去。

1

商店很多呢!
你看有那麼多招牌。

撥開擁擠的**人群**前進。

（對）店が多いですね。ほら、あのたくさんの看板
を見て。
　　　　　　　　　招牌

（動）人込みを掻き分けながら行く。
　　　人群很多（複雜）　撥開、排除（推開、區分開）
◆ ごちゃごちゃ詰め込まれた荷物を掻き分けた。
　　將放得亂七八糟的行李撥開。

2

這裡是**鬧區**嗎?
燈光和霓虹燈在晚上的
時候,好像是拉斯維加
斯耶!

經過KTV和藥局。

（對）ここが繁華街ですか?明かりやネオンサインで
　　　鬧區　　　　　　　光線、火光、燈光
夜はラスベガスみたいですね。

（動）カラオケボックスと薬屋を通り過ぎる。
　　　　　　　　　　　　　　　　　經過

3

好像新開了一家英語會話
補習班呢!
在那家賣車的店**對面**。

拿廣告傳單。

（對）新しい英会話スクールができたみたいです。
あの自動車販売店の向かいにありますよ。
　　　　　　　　　　　　對面

（動）散らしをもらう。
　　　傳單、廣告紙
◆ 店の散らしを作って配る。　製作、發送店家的廣告傳單

4

有各種的**路邊**
小吃呢!
代表性小吃是什麼呢?

看路邊攤和**流動小吃攤**。

（自）様々な路頭の食べ物がありますね。
　　　　　　　　　　路邊小吃
代表的なものは何でしょうか?
　　代表性的

（動）露店と屋台を見る。　　流動攤販
日本也有「ラーメンの屋台（拉麵流動攤販）」、「ホット
ドックの屋台（熱狗流動攤販）」等各式各樣的流動攤販。
但露天攤販和流動攤販的文化,還是台灣比較多樣化呢!

5

我想**搬到**這裡附近的套房。
你有認識的**房仲**嗎？

看不動產（房屋）**廣告**。

（對）この辺のワンルームに引っ越ししたいです。
知ってる不動産屋ありますか？　→搬家

不動産、房屋仲介

◆ 辺 附近、近處
あの辺の地理はよくわからない。 我對那附近的位置不太了解。

（動）不動産屋の(物件)広告を見る。

廣告

6

那個好像是**仿冒的**…。

指著路邊攤賣的包包。

（對）あれ、偽物みたいだけどね…

仿冒品、山寨版（↔ 本物真品）

俗語上，另外有個具有「假的」意涵的 なんちゃって 可用。
例如：なんちゃってシャネル（山寨版香奈兒）。
◆ 類似品 仿冒品

（動）露店で売ってるバックを指さす。

（用手）指

7

最近**油價**上漲很多。

看**加油站**的招牌。

（對）最近ガソリン代がすごく上がりましたよね。

油價

◆ すごく 非常、特別、很
◆ 上がる （價格等）上漲、變貴→下がる 下降
物価が上がる。 物價上漲。

（動）ガソリンスタンドの看板を見る。

加油站

8

我想**提領現金**。

往**現金提款機**的方向走去。

（對）現金をちょっと引き出したいんですけど。

想領錢

引き出す 有「領錢、取款／拿出、拉出」的意思，お金を降ろす 也可以使用在「領錢」的意涵上。

（動）ATMコーナーの方へ行く。

現金提款機
ATM也稱作 現金自動預け払い機。

這個你一定要知道 !!

占い師

算命師、占卜師

よく当たる占い師を探している。

我在找算很準的算命師。

◆**占う** 算命、占卜　◆**星占い** 占星術

歩道橋

天橋

歩行者は歩道橋をご利用ください。

行人請走天橋。

公衆電話

公眾電話

公衆電話が最近めっきり少なくなった。

公用電話最近明顯變少了。

◆**めっきり** （變化）明顯、顯著

地下鉄

地下鐵

地下鉄の中で飲食するのはだめじゃないの？

在地下鐵內，不是不能吃東西嗎？

ホームレス

流浪漢

ゴミ箱をあさっているホームレスが多い。

到處翻垃圾桶的流浪漢很多。

◆**漁る** 尋找（食物）、尋求、到處翻找

個人病院
こじんびょういん

私人醫院

個人病院は待ち時間が少ない。
あめ ふ じかん すく

私人醫院等待的時間較短。

◆ **総合病院** 綜合醫院
そうごうびょういん

内科 内科 　**外科** 外科 　**眼科** 眼科 　**小児科** 小兒科 　**歯科** 牙科
ないか 　　　げか 　　　がんか 　　　しょうにか 　　　しか

耳鼻咽喉科 耳鼻喉科 　**整形外科** 整形外科 　**精神科** 精神科
じびいんこうか 　　　　せいけいげか 　　　　　せいしんか

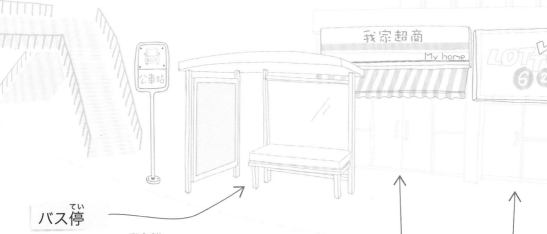

バス停
てい

公車站牌 (=バス停留所)
ていりゅうじょ

雨が降り出したのでバス停まで迎えに行った。
あめ ふ だ てい むか い

因為開始下雨的關係，所以去公車站牌接人。

コンビニ

便利商店（＝コンビニエンスストア的略語）

うちの近くにあるコンビニの店員さんはとても不親切です。
ちか てんいん ふしんせつ

我們家附近的便利商店店員非常地不親切。

宝くじ売り場
たから う ば

彩券行

人気がある宝くじ売り場はたくさんの人が買うので、大当たりが出やすい。
にんき たから う ば ひと か おお あ で

因為知名彩券行有很多人買（人氣很旺）的關係，所以容易中獎。

◆ **大当たり** 非常成功、中頭彩
おお あ

当たり 成功、中獎 　**外れ** 不中、猜錯
あ 　　　　　　　はず

ネットカフェ

網咖 (=インターネットカフェ)

ネットカフェで情報が盗まれることってある？ 在網咖有過資料被盜取的情事發生嗎？

教会

教會

日曜日は教会に行きます。

星期日去教會。

◆**聖堂** 聖堂、天主教式的教堂

本屋

書店 (=書店)

本屋で本を注文したんですが、1カ月経っても本が来ません。

在書店訂購了書，但過了一個月書都還沒來。

◆**経つ** （時間、歲月等）經過

花屋

花店

あの花屋は全国に配送してくれるんだって。 聽說那家花店可以配送到全國各地。

ジュエリーショップ

珠寶店

ジュエリーショップで、彼女にプロポーズするために、ダイヤの指輪を買った。

在珠寶店買了要向女朋友求婚的鑽石戒指。

美容室

美容院、理髮廳

美容室に行って髪を明るく染めようと思う。 我想去美容院把頭髮染明亮一點的顏色。

◆**染める** 染上、染色 ◆**パーマ** 燙髮 ◆**ヘア・カラー** 頭髮染色

市役所
しやくしょ

市政府

友達の彼氏は市役所で働いている公務員だ。　朋友的男朋友是在市政府上班的公務員。
ともだち　かれし　　しやくしょ　はたら　　　　こうむいん

◆区役所 區政府　役所 政府機關、官署
くやくしょ　　　　　やくしょ

銭湯
せんとう

大眾澡堂（=風呂屋）
ふろや

久しぶりに近所の銭湯に行って疲れを癒してきた。
ひさ　　　　　きんじょ　せんとう　い　　つか　　いや

好久沒去附近的大眾澡堂紓解疲勞。

◆癒す 治療、醫治
いや

屋外広告板
おくがいこうこくばん

戶外廣告板

ミュージカル劇場が集まるタイムズスクエアは屋外広告板
げきじょう　あつ　　　　　　　　　　　　　　　　　おくがいこうこくばん
の中心地だ。音樂劇場密集的泰晤士廣場是戶外廣告板的中心地帶。
ちゅうしんち

◆電光掲示板 電子板、電子告示板
でんこうけいじばん

垂れ幕
た　まく

垂幕、巨幅標語

サッカー部でグラウンドに掲げる垂れ幕を作るんです。
ぶ　　　　　　　　　　かか　　た　まく　つく

在足球社裡製做了要掛在運動場上的布條。

◆掲げる 懸掛、升起／（報紙等）刊登、登載
かか

自動車整備工場
じどうしゃせいびこうじょう

汽車保養廠

自動車整備工場を1月にオープンしました。
じどうしゃせいびこうじょう　　がつ

汽車保養廠在一月開幕了。

デパート

百貨公司

デパートの化粧品売り場でメークをしてもらったことがある。
けしょうひんう　ば

曾經在百貨公司的化妝品專櫃接受過彩妝服務。

◆〜たことがある 曾經有…（表經驗）

1. 請問下面是有關什麼的廣告？

| 單字核對

<ruby>前後賞<rt>ぜん ご しょう</rt></ruby>（日本的彩券制度之一）中獎號碼的前面、後面號碼獎。
　　　　Ex. 中獎頭碼是83，那前獎是82、後獎是84這兩個就是「<ruby>前後賞<rt>ぜんごしょう</rt></ruby>」

<ruby>合<rt>あ</rt></ruby>わせる 合併、聚集

| 文句解析

夢想的超級大獎
★ 頭獎、前後號碼一致，獎金可達3億日元！（頭獎2億日元、前後號碼一致各5000萬日元）
★ 頭獎2億日元彩券27張！！二獎1億日元81張！！
★ 三獎1000萬日元540張！（27單位的情況下）

2. 請問下圖是有關什麼的廣告？

| 單字核對

<ruby>大幅<rt>おおはば</rt></ruby> 大幅／數量、價格等變動大
<ruby>値下<rt>ねさ</rt></ruby>げ 降價、減價　<ruby>値上<rt>ねあ</rt></ruby>げ 漲價
<ruby>最安値<rt>さいやすね</rt></ruby> 最低價　　<ruby>挑戦中<rt>ちょうせんちゅう</rt></ruby> 挑戰中
<ruby>制作<rt>せいさく</rt></ruby> 製作
<ruby>任<rt>まか</rt></ruby>せる 交給、託付、委託

| 文句解析

立牌大幅降價！
挑戰網路最低價！
原創招牌製作
請交給我們設計製作！

3. 請問下圖是便利商店的什麼廣告？

| 單字核對

募集 募集
情報 情報
街 街道
詳しい 詳細、仔細

| 文句解析

アルバイト募集　應徵打工人員
あなたの街のMINISTOPで働きませんか?！
你想在你們家附近的MINISTOP工作嗎？
募集店情報詳しくはこちらから
詳細的徵才分店資訊請看這裡。

編註 MINISTOP是日本當地的大型快餐、飲食連鎖店。

4. 請問可以在美容院便宜買到什麼服務？

| 單字核對

癒し 治癒或緩和煩惱、緊張壓力等
人気 人氣
～込 包含～
　　　　※消費税込で105円です。
　　　　包含消費税是105日元。
料金 費用

| 文句解析

池袋の癒し系人気ヘアサロン
池袋的癒療系女性造型人氣美髮沙龍。

パーマ or カラー(カット込・ロング料金無し)
燙髮或染法（含剪髮；長頭髮不加價）

看圖回答問題

◆ 請將畫底線的部分翻成日文填入框框內。

1 撥開擁擠的**人群**前進。

[　　　　　]を[　　　　　]行^いく。

2 經過KTV和藥局。

カラオケボックスと薬屋^{くすりや}を

[　　　　　]。

3 拿**廣告傳單**。

[　　　　　]をもらう。

4 看路邊攤和**流動小吃攤**。

露店^{ろてん}と[　　　　　]を見^みる。

5 看不動產（房屋）**廣告**。

不動産屋^{ふどうさんや}の(物件^{ぶっけん})[　　　　　]を
見^みる。

6 指著路邊攤賣的包包。

露店^{ろてん}で売^うってるバックを

[　　　　　]。

7 看**加油站**的招牌。

[　　　　　]の看板^{かんばん}を見^みる。

8 往**現金提款機**的方向走去。

[　　　　　]の方^{ほう}へ行^いく。

◆ 正解在P.160+161頁

下班後，
去喝一杯吧！

06:30 p.m. 酒吧

　　為了歡迎田中直輝的調職，同事們要在小酒吧辦一場簡單的聚會。想和桐谷小梅拉近距離的田中直輝，很好奇她是不是也會參加…。

這個用日文要怎麼說啊❓❓

1 邀請桐谷小梅參加**聚會**（酒宴）。

> 下班後要一起去喝酒，
> 你有時間嗎？

> 這裡有幫忙代客停車呢！

2 把車鑰匙**交給**負責人。

> 我今天不喝酒，
> 因為不可以酒後駕車…

3 **幫**桐谷小梅**倒**生啤酒。

> 我喝加了檸檬的通寧汽水。

4 喝**無酒精**飲料。

乾杯！

5　**舉起**酒杯。

我朋友在酒吧工作。如果可以的話，下次**請你喝杯酒**。

6　看著對面的**紅酒銷售員**。

大家**一邊**喝啤酒，**一邊**愉快地聊天。

7　**吃下**酒菜。

音樂**太大聲**，聽不太清楚。

8　往小梅的方向**靠過去**。

1

下班後要一起去喝酒，
你有時間嗎？

邀請桐谷小梅參加聚會
（酒宴）。

對 **この後、飲みに行くんだけど時間どうですか？**
　　　　　去喝一杯

この後 有「這個之後」的意思，表「先結束了某一件事情之
後…」，時間上則是指「下班後」。
◆ 退勤 下班 (=退出)　　出勤 上班 (=出社)

動 **桐谷小梅を飲み会に誘う。**
　　　　　　　酒席（聚會）

2

這裡有幫忙代客停車呢！

把車鑰匙交給負責人。

對 **ここ、バレーパーキングをしてくれるんですね。**
　　　　　　　代客停車

◆ 〜てくれる 表示別人為我做某事

動 **車のキーを係員に渡す。**
　　　　　　　　　交給、移交

◆ 係員 負責人、員工　　従業員 顧員、職員

3

我今天不喝酒，
因為不可以酒後駕車…

幫桐谷小梅倒生啤酒。

對 **私、今日はお酒を飲みません。飲酒運転した**
　　　　　　　　　　　　　　　　　酒後開車
ら、だめなんで…

動 **生ビールを注いであげる。**
　　　　　　　幫人倒酒（倒、澆）

注いであげる 是 注ぐ（倒、澆）和 〜てあげる 所結合的用語。
◆ おばあちゃんはお茶を注いでくださった。 奶奶幫我倒了茶。

4

我喝加了檸檬的通寧
汽水。

喝無酒精飲料。

對 **ライム入りのトニックウォーターを飲みます。**
　　　　　　　　　　　　　　　　　　　我要喝

◆ スコッチウイスキー 蘇格蘭威士忌　ブランデー 白蘭地
コニャック （法國高級）白蘭地（cognac）

動 **ノンアルコール飲料を飲む。**
　　　　無酒精

5

乾杯！

舉起酒杯。

對 **乾杯！**
かんぱい
乾杯

動 **ジョッキを持ち上げる。**
も　あ
舉起

ジョッキ 是指有手把的大啤酒杯。

6

我朋友在酒吧工作。如果可以的話，下次請你喝杯酒。

看著對面的**紅酒銷售員**。

對 **僕の友達がワインバーをやっているんです。**
ぼく　ともだち

よかったら、今度一杯おごります。
こんど　いっぱい
請客

動 **向かい側にあるワインセラーを見る。**
む　がわ　　　　　　　　　　　　　　み
紅酒銷售員

◆ 側 側面、旁邊　会社側 公司那裡　左側 左邊
がわ　　　　　　　　かいしゃがわ　　　　　ひだりがわ

7

大家一邊喝啤酒，一邊愉快地聊天。

吃下酒菜。

對 **みんなビールを飲みながら楽しく話してますね。**
の　　　　　たの　　　はな
一邊喝

〜ながら（一邊…一邊…）為動作持續並行的表現。
◆ テレビを見ながらご飯を食べる。 一邊看電視，一邊吃飯。
み　　　　　はん　た

動 **おつまみを食べる。**
た
可以用手抓來吃的簡單下酒菜

8

音樂太大聲，聽不太清楚。

往小梅的方向**靠過去**。

對 **音楽が大きすぎてよく聞こえないんです。**
おんがく　おお　　　　　　　　き
因為…太大

動 **小梅の方に近付いていく。**
こうめ　ほう　ちかづ
接近、逼近

〜ていく 為漸漸移動或漸漸變化的表現。
◆ だんだん空が暗くなっていく。 天空漸漸變暗。
そら　くら

適当に
てきとう に

適當、適切
お酒は適当に飲めば害はありません。
さけ てきとう の がい

適當飲酒無傷大雅（無害）。

◆害 害、有害、損害
がい

酔っぱらう
よ

喝醉酒
彼は酔っぱらうと調子に乗って度を越えた行為をしたりする。
かれ よ ちょうし の ど こ こうい

如果他喝醉，經常會趁勢做出逾矩的行為。

◆調子に乗る 神氣、自以為、囂張
ちょうし の

記憶がなくなる
き おく

沒有記憶
昨日は泥酔して途中からまったく記憶がないの。
きのう でいすい とちゅう き おく

昨天喝醉酒，從中途開始就完全不記得了。

◆泥酔 爛醉　◆まったく （下接否定文）完全、一點也
でいすい

◆飲みすぎ 過度飲酒
の

もてなす

招待、接待
家に来たお客さんをもてなすためにお茶とお菓子を出した。
いえ き きゃく ちゃ かし だ

為了招待來家裡的客人，拿出了茶和餅乾。

気が抜けた
き ぬ

走味、洩氣
このビール、気が抜けたよ。
き ぬ

這個啤酒走味了。

◆気が抜ける
き ぬ

（碳酸等的）氣跑掉／沒力氣、癱軟

オンザロック(on the rocks)

加冰塊
ウイスキーはストレートよりオンザロックで飲むのが好きだ。
の す

比起不加水的威士忌，我更喜歡加冰塊來喝。

会食
かいしょく

聚餐
今日会社の接待でお客様との会食があります。
きょうかいしゃ せったい きゃくさま かいしょく

今天公司招待我們和客人一起聚餐。

ソムリエ(法語 sommelier)

酒侍、品酒師

ソムリエはステーキに合うワインを勧めてくれた。

品酒師推薦我喝和牛排相配的紅酒。

バースツール(bar stool)

（在酒吧等地方）客人坐的高椅子、吧台椅

彼はバースツールに座って一人でワインを飲んでいた。

他坐在吧台椅上，獨自喝著紅酒。

マッチ

火柴

私はかわいいマッチ箱を集めている。

我在收集可愛的火柴盒。

コルク抜き

紅酒開瓶器

ワインのコルク抜きがないんだけど、開ける方法ないかな。

沒有紅酒開瓶器，沒有其它開瓶的方法嗎？

ほろ苦い

有點苦

非常にスムースでほろ苦いラムです。

這是相當柔和且微苦的萊姆酒。

◆ 非常に 非常、相當

非常にカラフルで個性のある服ですね。

這是相當鮮豔且充滿個性的服飾呢！

WINE
AIC 12.7% BY VOL.
2005

アルコール度数

酒精含量；酒精度數

世界一アルコール度数の強いお酒なら、ロシアのウオッカですかね。

世界上酒精含量最強的酒，不就是俄國的伏特加酒嗎？

はしご酒
在好幾家酒吧打轉喝酒

明日から連休なので、5軒もはしご酒した。

因為從明天開始是連休，所以連喝了五家。

吐く
嘔吐

飲みすぎて全部吐いてしまった。

因為喝太多，全部都吐出來了。

ほろ酔い機嫌
微帶醉意

みんなほろ酔い機嫌で二次会へ行った。

大家帶著些微醉意去下一個聚會。

飲酒運転取り締まり
取締酒後駕駛

今は飲酒運転取り締まり強化期間中です。

現在是加強取締酒後駕車的期間。

◆取り締まり 取締、監督

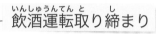

酔いが覚める
酒醒

今は車の運転ができないから、
酔いが覚めるまで待とう。

因為現在沒辦法開車，所以我們等到酒醒為止吧！

一気飲み
一口氣喝光

サークルの飲み会で一気飲みを強要されるので
本当に困る。

在社團的喝酒會上，被強迫一口氣喝光真是困擾。

二日酔い
宿醉

二日酔いで頭が痛いの、何か二日酔いに効くものない？

因為宿醉的關係頭很痛，有沒有什麼對宿醉有效？

1. 請問下圖這瓶酒的酒精數度是幾度？

樽熟成梅酒＜化粧箱入り＞500ml
アルコール度数19度
重量:1.20kg

Ⅰ 單字核對
樽 （裝酒或醬油等的）圓桶型的木桶
熟成 熟成、釀成
梅酒 梅子酒

Ⅰ 文句解析

木桶釀熟的梅子酒（箱子包裝）500ml
酒精度數19度
重量：1,20kg

2. 請問下面是關於什麼的警告標語？

飲酒運転は犯罪です

「給料より高ぐついた」「もう酒を飲む金もない」———。飲酒運転の罰金額の上限が引き上げられたドライバーからの〈悲鳴〉が上がっている。高額罰金、免許停止処分にされたドライバーから「二度としません。」と口を揃えるなか、ミナミ、キタ等大阪の歓楽街では売上げが「半減」するという現象も。

Ⅰ 單字核對
犯罪 犯罪

3. 請問下面是改善什麼症狀的藥？

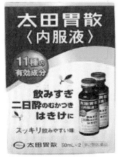

Ⅰ 單字核對
内服液 內服液　有効成分 有效成分
むかつき 噁心　吐き気 嘔吐
Ⅰ 文句解析
飲みすぎ 過度飲酒
二日酔のむかつき 因宿醉引發的噁心
はきけに 噁心

Answer：1. アルコール度数19度 酒精度數19度　2. 飲酒運転 酒後開車　3. 飲みすぎ 飲酒過度、二日酔い 宿醉

看圖回答問題

◆ 請將畫底線的部分翻成日文填入框框內。

1 邀請桐谷小梅參加**聚會（酒宴）**。
桐谷小梅（きりたに こうめ）を _____ に誘（さそ）う。

2 把車鑰匙**交給**負責人。
車（くるま）のキーを係員（かかりいん）に _____ 。

3 幫桐谷小梅**倒**生啤酒。
生（なま）ビールを _____ 。

4 喝**無酒精**飲料。
_____ 飲料（いんりょう）を飲（の）む。

5 **舉起**酒杯。
ジョッキを _____ 。

6 看著對面的**紅酒銷售員**。
向（む）かい側（がわ）にある _____ を
見（み）る。

7 吃**下酒菜**。
_____ を食（た）べる。

8 往小梅的方向**靠過去**。
小梅（こうめ）の方（ほう）に _____ 。

◆ 正解在P.172+173頁

08:00 p.m. 健身房

認識很多人也體驗了許多事情的田中直輝,感到相當疲倦。所以想在健身房裡,藉由運動來紓解疲勞。

我想加入這個健身房。

從幾點開始到幾點呢？

1 詢問櫃台。

一個月的**會費**2萬日元。

2 填寫**入會申請書**。

來運動的人很多呢！

3 **試用健身房器具**。

要**燃燒熱量**才行。

4 在**跑步機**上走動。

◆ 請試著想想看用螢光筆標示出的部分日文該怎麼說，再將答案寫在框框裡

來鍛鍊**胸肌**吧！

5 　握住比**肩膀幅度**還寬的橫竿。

將**舉重器**舉起時，**吐氣**…

將舉重器慢慢往
胸部**正上方**舉起。

6

將腳**張開**與肩同寬，站著…

7 　將舉重器**放在**兩邊的肩膀上。

把舉重器放下時，
要**吸氣**…。

往**下蹲**，直到大腿內側和
地板平行為止。

8

1

我想加入這個**健身房**。
從幾點開始到幾點呢?

詢問櫃台。

對 **このジムに入会したいんですが。**
　　　　健身房

何時から何時までやってますか。

ジム 是 ジムナジウム〔gymnasium（體育館）〕的簡稱。相
似的表現還有 トレーニングジム 和 スポーツジム。

動 **受付で尋ねる。**
　　　詢問櫃台。

2

一個月的**會費**2萬日元。

填寫**入會申請書**。

自 **1カ月に会費が2万円。**
　　　　　會費

動 **入会申込書を記入する。**
　　　入會申請書

3

來運動的人**很多呢**!

試用健身房器具。

自 **運動してる人が多いなぁ。**
　　　　　　　很多耶!

～てる 是省略～ている 的「い」口語表現,一般在對話的時
候,「い」會省略掉。

動 **ジムの器具を試してみる。**
　　　　　　試驗、試用

◆ うまく動くかどうか試してみましょう。不知道好不好運轉,來測試吧!

4

要**燃燒熱量**才行。

在**跑步機**上走動。

自 **カロリーを燃焼させよう。**
　　　　　要燃燒才行

◆ カロリーが高い 卡路里很高　カロリーが低い 卡路里很低

動 **ランニングマシーンで歩く。**
　　　　跑步機

5

來鍛鍊胸肌吧！

握住比**肩膀幅度**還寬的橫竿。

🔵 胸の筋肉を鍛えよう。

鍛鍊、訓練

◆ 体を鍛える。 鍛鍊身體
◆ 筋トレ 肌肉訓練（是筋肉トレーニング的常用表現）

🔴 肩幅よりも広くバーを握る。

肩膀幅度

6

將**舉重器**舉起時，吐氣…

將舉重器慢慢往胸部**正上方**舉起。

🔵 バーベルを持ち上げる時には息を吐いて…

舉重器、槓鈴　　　　　　　　吐氣

🔴 バーベルをゆっくり胸の真上に持ち上げる。

正上方

真 是前綴詞，有強調功能。
◆ 真っ赤な 鮮紅　真っ青な 蔚藍　真ん中 正中央

7

將腳**張開**與肩同寬，站著…

將舉重器**放在**兩邊的肩膀上。

🔵 足を肩幅に広げて立ち…

加寬／打開／展開

◆ 両手を広げて歓迎してくれた。 張開雙手歡迎我。

🔴 バーベルを両肩の上に置く。

放置

8

把舉重器放下時，要**吸氣**…。

往**下蹲**，直到大腿內側和地板平行為止。

🔵 バーベルを下ろす時には息を吸って…

吸、吸允

◆ 息を吐く 吐氣

🔴 太股と床が平行になるまで腰を下げる。

蹲下

下げる 是「降低、降下、掉下」等很多意涵的動詞。
◆ 頭を下げる。 低下頭　温度を下げる。 溫度降低
　 価格を下げる。 價格降低

入会金
にゅうかいきん

入會費

入会金無料キャンペーンを行う。　舉辦「免入會費」的活動。

会員証
かいいんしょう

會員證

会員証がなくても退会手続きはできます。

就算沒有會員證，也可以辦退出手續。

ロッカールーム

（備有置物櫃的）更衣室

ジムのロッカールームの奥にパウダールームがある。

健身房的更衣室裡有化妝的地方。

◆奥　裡面、內部

鍵
かぎ

鑰匙

ロッカーの鍵が開かない。　保管箱的鑰匙打不開。

蒸氣室

蒸し風呂
む　　ぶろ

蒸氣室

のんびり蒸し風呂を満喫した。

優閒地享受蒸氣浴。

※為三溫暖的一種，主要利用蒸氣。一般統稱為「サウナ」。

タオル

毛巾

タオルがもう一枚欲しいんですけど。

還需要一條毛巾。

健康を維持する

維持健康
健康を維持する**ために毎朝**ジョギングをしている。
為了維持健康，每天早上跑步。

垂れる

（肉）下垂
体重はあまり変わらないけど、お腹の肉が垂れて
います。 雖然體重沒什麼變化，但肚皮卻垮下來了。

おしり

屁股、臀部
運動不足でおしり**にセルライトがついてしまった。**
因為運動不足的關係，造成屁股異常脂肪堆積。

体格

體格
体格はいいのに、**力がない。** 體格雖好，卻沒有力氣。

腹筋

腹肌
割れた腹筋を作りたい。 想鍛鍊出一塊塊的腹肌。

◆**割れる** 破裂、分開、裂開

がっしりした

粗曠的、結實的
彼は肩幅が広くてがっしりした体をしていた。
他的肩膀很寬而且有著結實的身體。

体重減量

體重減輕
5キロの体重減量を目標にしている。
以減少五公斤的體重為目標。

◆**目当て** 以…當作目標／目的、指望

準備運動
じゅん び うんどう

暖身操

運動前の準備運動やストレッチはとても大切です。
うんどうまえ じゅん び うんどう たいせつ

運動前的暖身操或伸展運動非常重要。

※ストレッチ＝ストレッチング

エアロバイク

室內健身自行車 (=フィットネスバイク=エクササイズバイク)

エアロバイクは有酸素運動ができるマシンだ。
ゆうさん そ うんどう

室內健身自行車是可以進行有氧運動的機器。

縄跳び
なわ と

跳繩

縄跳びはダイエットに
なわ と

効果的だ。
こう か てき

跳繩對減肥很有效果。

シットアップ(sit up)

仰臥起坐 (=上体起し)
じょうたいおこ

シットアップは腰に負担がかかる。
こし ふ たん

仰臥起坐會對腰部造成負擔。

ピラティス

彼拉提斯（pilates）

ヨガとピラティスの違いは何だろう。
ちが なん

瑜珈和彼普拉提斯的差別是什麼？

尋找隱藏在 生活裡的單字

1. 請問下面是什麼機構的說明？

ジム初心者にやさしくレッスン。

楽しく効果的にトレーニングすることも大切ですが、
もうひとつメガロスが大事にしているのが、「安全」です。
マシンの使い方や正しいトレーニングを学び、
ケガを予防するために、誰でも参加できる
「フィットネスジム内プログラム」を設けています。

| 單字核對
初心者（しょしんしゃ）初學者

| 文句解析
適合初次使用健身房者的簡單課程。

2. 請問下圖是說要以哪一種運動來減輕體重呢？

有酸素運動で
正しく体重を減らす。

オーバーウェイトで体重を落としたいと思っても、
極端な食事制限など無理なダイエットは禁物です。
筋肉や骨を維持しながら、体脂肪を落として減量しなければ、
体調を崩す原因となってしまいます。そうならない
ために有酸素運動による減量が効果的。
有酸素運動で体脂肪を減らすことで、
減量していくのが正しい減量法です。
健康なカラダを維持しながら、
体重を減らすことを目指しましょう。

POINT 01 有酸素運動で脂肪を燃焼させて痩せる
POINT 02 減量は筋肉や骨を維持しながら
POINT 03 極端な食事制限などは禁物

| 單字核對
正（ただ）しい 正確
体重（たいじゅう）を減（へ）らす 減輕體重

| 文句解析
有酸素運動（ゆうさんそうんどう）で正（ただ）しく体重（たいじゅう）を減（へ）らす。
利用有氧運動正確減輕體重。

3. 請問下圖是為了鍛鍊什麼部位而作的運動呢？

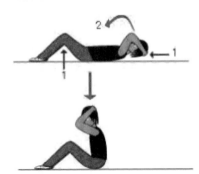

Answer：1. ジム 健身房　2. 有酸素運動（ゆうさんそうんどう）有氧運動　3. 腹筋（ふっきん）腹肌

看圖回答問題

◆ 請將畫底線的部分翻成日文填入框框內。

1 詢問<u>櫃台</u>。

[　　　　　　　　　　　　　]。

2 填寫入會申請書。

[　　　　　　　]を記入^{きにゅう}する。

3 試用健身房器具。

ジムの器具^{きぐ}を[　　　　　]みる。

4 在跑步機上走動。

[　　　　　　　　　]で歩^{ある}く。

5 握住比肩膀幅度還寬的橫竿。

[　　　　　　]よりも広^{ひろ}くバーを握^{にぎ}る。

6 將舉重器慢慢往胸部正上方舉起。

バーベルをゆっくり胸^{むね}の[　　　　　]
に持^もち上^あげる。

7 將舉重器<u>放在</u>兩邊的肩膀上。

バーベルを両肩^{りょうかた}の上^{うえ}に[　　　　　]。

8 往下蹲，直到大腿內側和地板平行為止。

太股^{ふともも}と床^{ゆか}が平行^{へいこう}になるまで
[　　　　　　　]。

◆ 正解在P.182+183頁

07:40 p.m. 百貨公司

帶夾克來百貨公司退費的桐谷小梅，突然想起和田中直輝的約會，並且發現了一件他會喜歡的連身洋裝。

這個用日文要怎麼說啊

女裝櫃位在哪裡呢？

9F	文化中心
8F	美食街
7F	書局・家電用品
6F	體育・兒童
5F	男性服飾・高爾夫
4F	精品館
3F	女性套裝
2F	少女服飾
1F	化妝品・各式精品
B1F	生鮮超市
B2-B4F	停車場

1 看櫃位樓層導覽。

早知道就不要買這個了。
可以**退貨**嗎？

2 搭電扶梯上二樓。

有進**新**商品耶！

那件**裙子**打七折呢！

3 逛逛其他櫃位。

啊！我只是看看而已。

要縮減支出才行。

4 把衣服放回原位。

這個我想退貨。
因為紫色好像不太**適合**我。

5　**拿出**收據和外套。

我**可以試穿**這件連身洋裝嗎？

這個有**其他顏色**嗎？

6　手指著**展示**的連身洋裝。

我要**粉紅色**。

最適合我。

7　進入試衣間。

請將外套**換成**這件洋裝。

連身洋裝比外套還貴呢！

8　支付**差額**。

1

女裝櫃位在哪裡呢?

9F	なでしゅん
8F	美容院
7F	文房具・家庭用品
6F	寢具・寢具
5F	皆て和服店・長靴卉
4F	嬰幼用品
3F	☆☆家電
2F	☆☆和服
1F	化妝品・包次雜品
B1F	食物部屋
B2・B4F	停車場

看櫃位**樓層導覽**。

(自) **女性服売り場**はどこだったっけ。
　　女裝賣場

和 女性服売り場 相同意思的表現，也可以說 婦人服コーナー。另外，男裝賣場也是稱作 男性服売り場。～っけ 表示再次詢問或確認自己忘記的事或不清楚的事情。

(動) **売り場案内図を見る**。
　　　指南;位置圖

2

早知道就不要買這個了。
可以**退貨**嗎?

搭**電扶梯**上二樓。

(自) **これ買わなきゃよかった。返品**できるかな。
　　　　　　　　　　　　　　退費

なきゃ 是 なければ 略語型態。～かな 表示自言自語的詢問自己。
◆ 本当に大丈夫かな。 真的沒問題嗎?

(動) **エスカレーターで2階へ行く**。
　　　電扶梯

3

有進**新商品**耶!
那件**裙子打七折**呢!

逛逛其他櫃位。

(自) **新商品が入ってきたのね**。
新商品、新品、新貨
あのスカートは30%セールやってる。
　　　裙子　　　　　　　打折

(動) **他の売り場を見回る**。
　　　回顧、環顧

4

啊!我只是看看而已。
要**縮減支出**才行。

把衣服放回**原位**。

(對) あ、ただ**見ているだけです**。只是

(自) **支出を減らさないと**。縮減支出

減らす 是「縮減、減少、節省」的意思。反之，增やす 則是「增加、增長」的意思。

(動) **服を元の所に戻す**。
　　　原位
元 是「原來、以前」的意思。 ◆ 元の家 以前(住過)的家

5

這個我想退貨。
因為紫色好像不太**適**
合我。

拿出收據和外套。

對 これ、返品(へんぴん)したいんですけど。
私(わたし)に紫色(むらさきいろ)はあまり似合(にあ)わないような気(き)がして。

適合、相配

◆ ブラウスとマフラーがよく似合(にあ)いますね。 上衣襯衫和圍巾很相配呢！

動 レシートとジャケットを取(と)り出(だ)す。

拿出、取出

6

我可以**試穿**這件連身洋
裝嗎？
這個有**其他**顏色嗎？

手指著**展示**的連身洋裝。

對 このワンピース、着(き)てみてもいいですか。

可以試穿嗎？

～してもいいですか 是「可以做…嗎？／做…也沒關係嗎？」
的意涵，為請求對方許可的表現。

これ、色違(いろちが)いもありますか。

一樣的款式、尺寸，只有顏色不同

動 ディスプレイされているワンピースを指(ゆび)さす。

展示中的

7

我要**粉紅色**。
最適合我。

進入**試衣間**。

對 ピンク色(いろ)にします。

粉紅色

～にする 為「選擇時」的表現。

自 私(わたし)にピッタリだわ。

ピッタリ 使用在表示非常合適的時候，意思為「正好合適、非常合適」。

動 試着室(しちゃくしつ)へ入(はい)る。

試衣間、更衣室

8

請將外套**換成**這件洋裝。
連身洋裝**比**外套還貴呢！

支付**差額**。

對 ジャケットをこのワンピースと取(と)り替(か)えてく
ださい。

更換、交換

自 ワンピースの方(ほう)がジャケットよりもっと高(たか)いわ。

比起…（比較的表現）

動 差額(さがく)を支払(しはら)う。

差額

デパートのイベント

百貨公司促銷活動

芸能人がデパートのイベント会場でMCをしていた。

藝人在百貨公司的活動場地擔任了主持人。

特別割引品目

特別折扣清單

特別割引品目として、ダウンウェア、スキーウェアなどが半額となります。

特別折扣清單上的羽絨大衣、滑雪服裝等以半價出售。

ポイント

點數

1000円で1ポイントが貯まるカードを使っている。

使用每消費1000日元便累積一點的卡片。　◆**貯まる**（錢等）儲存、收集

ダイレクトメール

直接郵寄的廣告單（直接寄到個人或家庭的促銷活動廣告單＝DM）

いろんな所から頻繁にダイレクトメールが来ます。

常常從很多地方收到郵寄廣告單。

顧客満足

顧客満意度

顧客満足度を高め、企業の収益力向上を図る。 提高顧客満意度，以謀求提高企業收益。

◆**高める** 提高　**低める** 降低

商品券

商品券

全国百貨店共通商品券の利用案内。 全國百貨公司通用的商品券使用指南。

※**百貨店** 也可以將「百貨店」稱作デパート。

一部商品に限って
いち ぶ しょうひん　かぎ

限定一部分的商品

一部商品に限ってはもっと安く購入できるチャンス
いち ぶ しょうひん　かぎ　　　　　　　　　　　やす　こうにゅう
があるんです。有機會可以更便宜購買到一部分的商品。

◆に限って 限定～、只限於～
かぎ

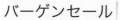

ブランド品
ひん

名牌貨、精品

免税店でブランド品のバックを買った。
めんぜいてん　　　　　　　ひん　　　　　　　か
在免税店買了名牌包。

バーゲンセール

大拍賣（bargain sale）

マルマルデパートが今週バーゲンセ
　　　　　　　　　　こんしゅう
ールをやっている。
MARUMARU百貨公司這星期有大特賣。

在庫整理
ざい こ せい り

整理庫存、清倉

在庫整理のため、デパートではこの時期
ざい こ せい り　　　　　　　　　　　　　　　じ き
に割引販売をする。
　わりびきはんばい
為了整理庫存貨，百貨公司會在這個期間做折扣促銷。

おまけ

贈品、減價

店員さんと仲良くなればおまけがついたりします。
てんいん　　なか よ
如果和店員熟了，有時候會有贈品或是折扣。

衝動買い
しょうどう が

衝動購買

バーゲンセールで買い物しているとつい衝動買いしてしまいます。
　　　　　　　　か　もの　　　　　　　　　　　しょうどう が
如果在特賣期間購物，就會不小心衝動買東西。

酒類コーナー
<ruby>酒類<rt>しゅるい</rt></ruby>コーナー

酒類櫥櫃

<ruby>当店<rt>とうてん</rt></ruby>の<ruby>酒類<rt>しゅるい</rt></ruby>コーナーでは、<ruby>北海道<rt>ほっかいどう</rt></ruby>の<ruby>銘酒<rt>めいしゅ</rt></ruby>を<ruby>取<rt>と</rt></ruby>り<ruby>揃<rt>そろ</rt></ruby>えています。

在這家店的酒類櫥櫃裡，擺滿了所有北海道的名酒。

◆<ruby>取<rt>と</rt></ruby>り<ruby>揃<rt>そろ</rt></ruby>える 具備、備齊

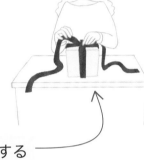

包装する
<ruby>包装<rt>ほうそう</rt></ruby>する

包装

<ruby>彼氏<rt>かれし</rt></ruby>にあげるシャツをきれいに<ruby>包装<rt>ほうそう</rt></ruby>してもらった。

請店員把要送給男朋友的襯衫包裝地很漂亮。

返品する
<ruby>返品<rt>へんぴん</rt></ruby>する

退貨

<ruby>商品<rt>しょうひん</rt></ruby>に<ruby>欠陥<rt>けっかん</rt></ruby>があったから<ruby>返品<rt>へんぴん</rt></ruby>した。

因為商品有瑕疵，所以退貨了。

おむつがえシート

尿布台

マルマルデパートにはベビー<ruby>休憩室<rt>きゅうけいしつ</rt></ruby>があっておむつがえシートや<ruby>授乳室<rt>じゅにゅうしつ</rt></ruby>などが<ruby>用意<rt>ようい</rt></ruby>されている。在MARUMARU百貨公司裡，有嬰兒休息室，那裡有尿布台和哺乳室。

◆おむつを<ruby>替<rt>か</rt></ruby>える 換尿布

フードコート

（商場中的）食品區

<ruby>休日<rt>きゅうじつ</rt></ruby>や<ruby>昼間<rt>ひるま</rt></ruby>のデパートのフードコートは、<ruby>人<rt>ひと</rt></ruby>でごった<ruby>返<rt>がえ</rt></ruby>す。

假日或白天的百貨公司食品區，人潮相當擁擠。

◆ごった<ruby>返<rt>がえ</rt></ruby>す 非常擁擠

尋找隱藏在 生活裡的單字

1. 請問下圖中的項鍊還有庫存嗎？

商品名｜ネックレス
品番｜ne-nl-022
価格｜2,625円（税込）
在庫あり

| 單字核對 |
| 商品名 商品名　品番 商品編號 |
| 価格 價格　　税込 含稅 |

2. 下面的照片是某家百貨公司的試衣間標示。請問試衣間的日文為何？

3. 請問下圖是3月10日到17日的什麼廣告呢？

春の バーゲン セール 3/10 火 ～ 3/17 火
10:00AM～6:30PM
※期間中、定休日なしで営業します

Answer：1. 在庫あり 有庫存　2. 試着室 試衣間　3. バーゲンセール 大拍賣

◆ 請將畫底線的部分翻成日文填入框框內。

1 看櫃位**樓層導覽**。

売り場 [   ] を見る。

---

2 搭**電扶梯**上二樓。

[   ] で2階へ行く。

3 **逛逛**其他櫃位。

他の売り場を [   ] 。

---

4 把衣服放回**原位**。

服を [   ] 戻す。

5 **拿出**收據和外套。

レシートとジャケットを [   ] 。

---

6 手指著**展示的**連身洋裝。

[   ] ワンピースを指さす。

7 進入**試衣間**。

[   ] へ入る。

---

8 支付**差額**。

[   ] を支払う。

◆ 正解在P.192+193頁

18

我的手藝也不賴呢!

09:00 p.m. 料理

才剛下定決心要減肥沒多久的桐谷小梅,現在又經不起海鮮義大利麵的誘惑。

加入一大匙的鹽

= 2ℓ

1 在鍋內燒2公升的水。

放入義大利麵

開始煮。
〈按照麵條的粗細調整時間〉

2

將罐頭番茄放入平底鍋。

3 搗碎之後攪拌。

放入切好適當大小的墨魚和蝦子

4 加入鹽巴和胡椒調味。

還要加點**大蒜**。

5 把大蒜**切成末**。

把蓋子蓋上，用小火煮10分鐘。

6 不時地**攪拌**。

快速地將麵條拌入醬汁中。

7 灑上起司粉。

完成！

8 裝入盤中。

1

加入一大匙的鹽

在鍋內燒2公升的水。

🔵 塩大さじ1杯を加えて、

添加、加入

大さじ 的反義詞為 小さじ（小湯匙），但這是在講「幾匙」時用的。「湯匙」在日常生活中大多不講 さじ，而是使用 スプーン。

🔴 鍋にお湯2リットルを沸かす。

煮沸

◆ 湯を沸かす 將水煮沸

2

放入義大利**麵**

開始**煮**。〈按照麵條的**粗細**調整時間〉

🔵 スパゲッティの麺を入れて、

麵

🔴 ゆで始める。(麺の太さによって時間は調節。)

燙煮　　　　　　　　依照不同的粗度

動詞連用形＋～始める 開始做（前述動作）～

◆ 雨が降り始めた。 開始下雨。

～によって 依照～、根據～

3

將**罐頭**番茄放入平底鍋。

搗碎之後攪拌。

🔵 フライパンに缶詰のトマトを入れて、

罐頭

🔴 よくつぶして混ぜる。

摧毀、壓碎、擠壞

◆ つぶしたゆで卵にマヨネーズを加えて混ぜる。
在壓碎的熟雞蛋上加入美奶滋。

4

放入切好**適當大小**的墨魚和蝦子

加入鹽巴和胡椒**調味**。

🔵 食べやすく切ったいかとえびを加えて、

好吃、方便拿來吃

動詞連用形＋～やすい 容易做～　◆ 飲みやすい薬 容易入口的藥

動詞連用形＋～にくい 難以做～／不容易做～

◆ やりにくい仕事 難做的事情

🔴 塩と胡椒で味付けをする。

調味

5

還要加點**大蒜**。

把大蒜**切成末**。

(自) にんにくも少し入れよう。

大蒜

(動) にんにくをみじん切りにする。

切細

◆ せん切り 切絲　乱切り 滾刀切法

6

把蓋子蓋上，
用小火煮10分鐘。

不時地**攪拌**。

(自) ふたをして弱火で10分間煮て、

小火

◆ 中火 中火　強火 大火　とろ火 慢火

(動) ときどきかき混ぜる。

混合、攪拌

◆ ときどき 偶爾、時常

7

快速地將麵條拌入醬
汁中。

灑上起司粉。

(自) ソースに麺をさっと混ぜて、

快速地（動作很快的模樣）

◆ さっと身を隠す。 趕快躲起來。

(動) 粉チーズを振る。

（鹽等）灑

有時，也可以使用 かける 或 振りかける 來取代 振る。

8

完成！

裝入盤中。

(自) できあがり！

完成

(動) 皿に盛る。

裝在、裝入（器皿內）

◆ 大盛り 盛得很滿　山盛り 盛得尖尖的（像山的形狀）

電子レンジ

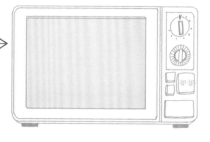

微波爐

超簡単料理！電子レンジで5分チンするだけ！

超簡單的料理！只要用微波爐調理五分鐘即可！

◆ **チンする**（用微波爐）調理、加熱

献立

菜單、用餐計畫

毎日献立を考えるのが難しいです。

要設計每天的菜單很困難。

蒸らす

悶、蒸

火を止め、余熱で10分蒸らす。

把火關上，用餘熱悶10分鐘。

皮を剥く

剝皮

じゃがいもをゆでて皮を剥く。

煮好馬鈴薯後，把皮剝掉。

だしを取る

取出湯汁

昆布でだしを取って味噌汁を作る。

利用海帶熬高湯來煮味噌湯。

漬ける

醃製

肉を柔らかくするために白ワインに漬ける。

為了讓肉質變軟，所以用白酒醃製。

油をひく

抹上食用油

フライパンに油をひいてこんがりと焼き色がつくまで焼く。

在平底鍋上抹上食用油後，一直煎到出現金黃色澤為止。

しんなりする

縮水、軟縮

玉ねぎと椎茸がしんなりしてきたら、ワインを加え、えびの色が変わるまで炒める。

洋蔥和香菇軟縮之後，加入紅酒一直炒到蝦子變色為止。

まんべんなく

均勻、平均的

煮汁が魚全体を覆い、味がまんべんなく染み込む。

將煮好的湯汁淋在整隻魚上，讓味道均勻滲透。

とろみ

有些濃稠的狀態（勾芡）

水で溶いた片栗粉を加えて、とろみがつくまで煮る。

加入用水溶化的片栗粉，一直煮到變濃稠為止。

◆溶く 溶化、溶解

食欲をそそる

刺激食慾、開胃

にんにくの香りが食欲をそそる。

大蒜香氣會增加食慾。

ほぐす

解開、拆開（結成團或纏在一起的東西）

ひき肉を加えてほぐしながら炒める。

加入肉醬後，一邊將肉撥散、一邊拌炒。

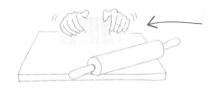

こねる

捏、揉（麵糰）

まず、生地が柔らかく滑らかになるまでこねます。

首先，揉捏麵糰直到變柔軟光滑為止。

日持ちする

即使長時間放置，品質或狀態仍不變、長久、持久

調理済みの鶏肉はどのくらい日持ちしますか？

調理好的雞肉可以保存多久呢？

◆～済み 完畢、結束　支払い済み 支付完了

裏返す

翻過來、翻面

大きいお好み焼きを上手に裏返した。

熟練地將大的大阪燒翻面。

たっぷり

滿滿

ごまをたっぷりかけるのがポイント。灑滿芝麻可是關鍵。

さいの目に切る

切丁、切成骰子的模樣（＝四角く切る）

母は豆腐をさいの目に切るとき、手のひらの上でやる。

媽媽將豆腐切成四方形的時候，是放在手掌上開始切。

斜め薄切り

切成斜薄片

ねぎは斜め薄切りにする。把蔥切成斜薄片。

輪切り

切成圓片

ゆで卵は5ミリの厚さの輪切りにする。將煮好的雞蛋切成5mm厚度的圓片。

半月切り

切成半月形

大根、ニンジン、蓮根は全部半月切りにしてください。

請將白蘿蔔、紅蘿蔔、蓮藕全部切成半月形。

腸を除く
去除內臟（腸泥）

えびは尾を残して殻をむき、背に浅く切り目を入れて背腸を除く。

保留蝦子的尾巴，剝掉外殼，輕輕切開背部取出背部腸泥。

裏ごしする
利用濾網過濾、過篩

茹でたじゃがいもやトマトなどを裏ごしする。

將煮好的馬鈴薯或番茄等在濾網上過濾。

刮げる
刮掉、刮去

ごぼうは包丁で軽く刮げる。

用菜刀輕輕刮牛蒡外皮。

しっとり
濕潤、潮濕

いちごのスコーン！外はさっくり、中はしっとり。

草莓烤餅！外皮酥脆，內部濕潤。

さくさく
鬆脆

鳥胸肉とさくさくりんごのサラダレシピ。

雞胸肉和香脆蘋果的沙拉食譜。

おかず
小菜、配菜

冷蔵庫に余っている食材を使って簡単でおいしいおかずを作ってみましょう。

利用冰箱裡剩餘的食材，製作簡單又好吃的小菜吧！

なす

茄子

なすは低カロリー野菜で、ダイエットにもいいです。

茄子是低卡路里的蔬菜，對減肥很好。

ピーマン

青椒

ピーマンやニンジンを食べられない子供はけっこう多い。

不敢吃青椒或紅蘿蔔的小孩很多。

味道的種類(味の種類)

辛い 辣的 　　　　**しょっぱい(=塩辛い)** 鹹的

油っこい 油膩的 (=脂っこい)

刺激的 刺激性的 　　　　**苦い** 苦的

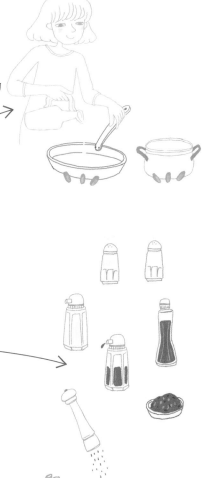

調理方法(調理方法)

煮付ける 熬、燉 　　　　**煮る** 煮、燉

炒める 炒 　　　　**茹でる** 川燙、水煮

ご飯を炊く 蒸飯、炊飯 　　　　**揚げる** 炸

和える 涼拌 　　　　**蒸す、蒸す** 蒸

調味料(味付け)

塩 鹽 　　　　**砂糖** 砂糖

酢 食醋 　　　　**胡麻油** 香油、芝麻油

醤油 醬油 　　　　**味噌** 味噌

胡椒 胡椒 　　　　**胡麻** 芝麻

ねぎ 蔥 　　　　**生姜** 生薑

1. 請問為什麼要使栗子的外殼軟化呢？

栗の皮をむくために、まず、栗の皮を
柔らかくします。

| 單字核對
栗 栗子　　　　　皮 外皮、外殼
柔らかい 柔軟　　～ために 為了～（目的）

| 文句解析
栗の皮を剝くために、まず、栗の皮を柔らかくします。
為了剝除栗子的外殼，要先使栗子外殼軟化。

2. 請問下列的書是有關什麼的書呢？請從照片中找出答案。

| 文句解析
野菜おかず人気の220品
220種人氣蔬菜料理

3. 請問下面是11月10號的什麼呢？

11月10日（火）の献立

Answer：1. 皮をむくために 為了剝去外殼　2. 野菜おかず 蔬菜料理　3. 献立 菜單

看圖回答問題

◆ 請將畫底線的部分翻成日文填入框框內。

1 在鍋內**燒**2公升的水。

鍋にお湯2リットルを ［＿＿＿＿＿＿＿＿＿＿＿＿］。

2 開始**煮**。〈**按照**麵條的**粗細**調整時間〉

［＿＿＿＿＿＿＿＿＿＿＿］始める。

(麺の［＿＿＿＿＿＿＿＿＿＿＿］時間は調節。)

3 **搗碎**之後攪拌。

よく［＿＿＿＿＿＿＿＿＿＿＿＿］混ぜる。

4 加入鹽巴和胡椒**調味**。

塩と胡椒で［＿＿＿＿＿＿＿＿＿＿＿＿］。

5 把大蒜**切成末**。

にんにくを［＿＿＿＿＿＿＿＿＿＿＿＿＿］にする。

6 不時地**攪拌**。

ときどき［＿＿＿＿＿＿＿＿＿＿＿＿＿］。

7 **灑上**起司粉。

粉チーズを［＿＿＿＿＿＿＿＿＿＿＿＿］。

8 **裝入**盤中。

皿に［＿＿＿＿＿＿＿＿＿＿＿＿］。

◆ 正解在P.202+203頁

19

我也想當素顏美人

09:50 p.m. 化妝品

非常不滿意今天粗糙膚質的桐谷小梅，心情低落了
起來…再加上看到田中直輝的皮膚又那麼好…。她開始
羨慕起電視上出現不化妝也漂亮的白皙美人們…。

我也想素顏出門。

1 用卸妝乳卸妝。

我是**乾性膚質**的關係，
角質堆積得很嚴重。

2 使用**臉部專用**的去角質產品。

沒有**縮小毛孔**的方法嗎？

3 用放大鏡**觀察**皮膚。

臉部**黯沉**漸漸變嚴重，
看起來很沒有**活力**

4 在臉上敷**美白面膜**。

這麼一來皮膚會**變亮**一點吧！

5 　　**敷**面膜10分鐘。

提升皮膚**彈力**和**濕潤**
的乳霜。

6 　　塗抹在全臉上並加以按摩。

為了預防**眼周**出現細紋，
眼霜也不可以忘記擦。

7 　　沾取少量的眼霜以**輕點**的
方式塗抹。

嘴唇裂開了！

8 　　擦上**厚厚的**護唇膏。

1

我也想**素顏**出門。

用卸妝乳**卸妝**。

自 私もすっぴんで出歩きたい。
　　素顏

動 クレンジングクリームでメイクを落とす。
　　　　　　　　　　　　　　卸妝
落とす 有「落下／洗、除去、剝」的意思。
◆ 顔の汚れを落とす。 去除（洗去）臉部的油污。

2

我是**乾性膚質**的關係，角質堆積得很嚴重。

使用**臉部專用**的去角質產品。

自 私はかさかさ肌なので角質がひどい。
　　　粗糙的皮膚＝乾燥肌（乾性皮膚）
◆ しっとり肌 濕潤的皮膚　すべすべ肌 光滑的皮膚
　 つるつる肌 光亮有光澤的皮膚

動 顔専用のスクラブを使う。
　　臉部專用

3

沒有**縮小毛孔**的方法嗎？

用放大鏡**觀察皮膚**。

自 毛穴をキュッと引き締める方法はないかなぁ？
　　　　　　　　　縮小
キュッと 用力握緊或抓住的模樣
引き締める 拉緊、勒緊／緊張、振作、專心

動 拡大鏡で肌を観察する。
　　　　觀察皮膚

4

臉部**黯沉**漸漸變嚴重，看起來很沒有活力

在臉上敷**美白面膜**。

自 顔のくすみがどんどん増して生き生きして見え
ない。黯沉　　　　　　　　有生氣、活力
くすみ 的意思為「暗沉顏色的東西」。

動 顔にホワイトニングパックをする。
　　美白面膜

5

這麼一來皮膚會變亮一點吧!

敷面膜10分鐘。

（目）これをしたら少しは肌が明るくなるかな。
　　　　　　　　　　　　　　変亮

（動）10分間パックを貼っている。
　　　　　　　　　　　貼、黏
◆ 手紙に切手を貼る。 在信上貼郵票。

6

提升皮膚彈力和濕潤的乳霜。

塗抹在全臉上並加以按摩。

（目）肌の張りと潤いがアップするクリームなの。
　　　　彈力　　濕潤
張り 有「緊繃、彈力」的意思，潤い 則是有「（含有適當水分）濕氣、水分」的意思。

（動）顔全体に塗ってマッサージする。
　　　　　　　　塗抹

7

為了預防眼周出現細紋，眼霜也不可以忘記擦。

沾取少量的眼霜以輕點的方式塗抹。

（目）目元の小じわ予防のためにアイクリームも忘れないで。　眼周、眼圈
〜ために 為了〜（目的）
◆ 生きるために食べる。 為了活下去而吃東西。

（動）少量を軽くたたくように塗る。　輕點、輕拍
〜ように 有「設法做到…、像…一樣」的意涵。
◆ 歌うようにピアノを弾いている。 像唱歌一樣彈著鋼琴。

8

嘴唇裂開了!

擦上厚厚的護唇膏。

（目）唇が荒れてるじゃん!
（皮膚）裂開、乾裂、皺；（氣氛、天氣等）惡化

（動）リップクリームをたっぷり塗る。
　　　　　　　　　滿滿、多、充分
◆ お野菜たっぷりのカレー 有滿滿蔬菜的咖哩

目尻のちりめんじわ

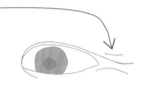

魚尾紋

目尻のちりめんじわが**目立**ってきた。

眼尾細紋開始變明顯。

◆ **ちりめんじわ** 皺巴巴的小細紋
◆ **小じわ** 細紋、魚尾紋

しわ

皺紋

笑うと**口**の**横**に**しわ**ができるようになっちゃった。

一笑,嘴巴兩端就會出現皺紋。

◆ **口元の小じわ** 嘴角的細紋
◆ **眉間のしわ** 眉間的皺紋

そばかす

雀斑

濃い**しみ**や**そばかす**はコンシーラーでカバーする。

用遮瑕膏遮蓋明顯的黑斑或雀斑。

にきび

青春痘

ぼこぼこしていた**にきび**がつるんとなった。

原本高低不平的青春痘變平滑乾淨了。

◆ **つるんとなる** (表面)變平滑
◆ **吹き出物** 小疙瘩、小疹子

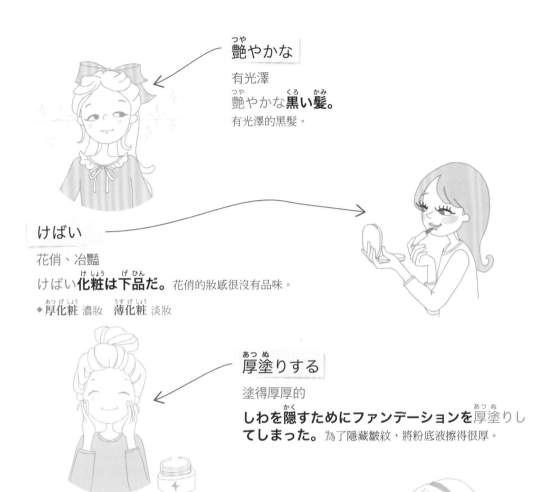

艶やかな

有光澤

艶やかな**黒い髪**。

有光澤的黑髮。

けばい

花俏、冶豔

けばい**化粧は下品だ**。花俏的妝感很沒有品味。

◆**厚化粧** 濃妝　**薄化粧** 淡妝

厚塗りする

塗得厚厚的

しわを隠すためにファンデーションを厚塗りしてしまった。為了隱藏皺紋，將粉底液擦得很厚。

よれる

歪斜、糾纏

アイシャドーがすぐによれる。眼影馬上就糊掉了。

化粧をする

化妝 (=メイクをする)

目の周りを濃く化粧をする「スモーキーメイク」が流行っている。現在流行把眼睛周圍化很濃的「煙燻妝」。

※雖然**流行**也有「流行」的意思，但**流行る**也使用在「流行、盛行」的意思上。

顔のむくみ

臉部浮腫

熱いタオルと冷たいタオルを交互に顔に当てると顔のむくみを解消できる。

用熱毛巾和冷毛巾交替敷臉，可以消除臉部的浮腫。

老化防止

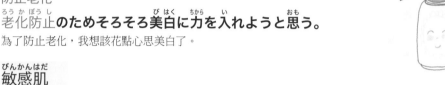

防止老化

老化防止のためそろそろ美白に力を入れようと思う。

為了防止老化，我想該花點心思美白了。

敏感肌

敏感肌膚

敏感肌でも安心して使えるミネラルファンデーション。

這是敏感肌膚也能安心使用的礦物質粉底霜。

べたつく

黏、泛油光

石鹸を泡立て、脂でべたつきやすいTゾーンを中心に洗います。

將肥皂搓出泡沫，以容易泛油光的T字部位為中心來洗臉。

洗顔フォーム

洗顔乳

毛穴の奥まですっきり洗うクリームタイプの洗顔フォームだって。

說是連深層毛孔也能清洗乾淨的乳霜型洗顔乳。

化粧水 / 乳液

化妝水／乳液

化粧水で肌にたっぷりと保湿成分を浸透させて、乳液がその保湿成分を蒸発させないように上から蓋をします。 利用化妝水將保濕成分滲透到肌膚裡，乳液是為了不讓那保濕成分蒸發，所以要擦在上面。

※化妝水的日文稱為「**化粧水**」；乳液的日文則是「**乳液**」。

香水

香水

私は甘い香りの香水が好きだよ。我喜歡帶有甜味的香水。

Tip 除了香水以外，人們也經常會使用古龍水（オーデコロン 科隆香水），古龍水意思為Cologne的水，1709年德國的Cologne為發源地。它比一般香水的濃度還要低，不會產生斑點，持續性雖短但其清爽且涼爽的香味，可以使用在轉換心情上。

プレストパウダー

粉餅

ルースパウダーを持ち歩きやすいように固形にしたものがプレストパウダーです。

為了可以更方便攜帶蜜粉，將其製成固體形態，就成了粉餅。

綿棒

棉花棒

敏感な肌にもやさしい抗菌タイプの綿棒。

敏感肌膚也可以使用的溫和抗菌型棉花棒。

化粧用コットン

化妝棉

化粧水を使う時、コットンを使った方がいいのか、それとも手で直接つけた方がいいのか、教えてください。請告訴我在使用化妝水的時候，用化妝棉來擦比較好，還是直接用手塗抹比較好」

日焼け止め

防曬乳

毎日SPF50の日焼け止めを塗っているの。

我每天都擦SPF50（防曬係數）的防曬乳。

アレルギーテスト済み

經過過敏測試

化粧品の「アレルギーテスト済み」とは動物実験を済ませたという意味ですか。

化妝品的「通過過敏測試」是指做過動物實驗嗎？

1. 請問下圖的化妝水對什麼特別有效？

| 單字核對

気になる 用心、費心、掛心
化粧乗り 上妝的服貼度
美容皮膚學 美容皮膚學
化粧水 化妝水　　お試しサイズ 適用大小

| 文句解析

30歳からの角質ケア　30歳以後的角質保養
化粧ノリが気になる方へ
專為不易上妝而煩惱的女性
美容皮膚学の視点から生まれた
從美容皮膚學的觀點所製成的
ピーリング化粧水　Peeling化妝水（去角質化妝水）

2. 請問下列是適合何種皮膚類型的人所使用的化妝品呢？

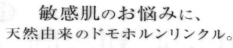

| 單字核對

悩み 苦惱　由来 由來　　漢方 漢方
高める 提高　基礎化粧品 基礎保養品
刺激 刺激　跳ね返す 推翻、回絕
すこやか 健康、堅固　育てる 培養、扶養

| 文句解析

敏感肌のお悩みに、　敏感性肌膚的煩惱
天然由来のドモホルンリンクル。
交給純天然的Domo horn wrinkle

3. 請問下圖的化妝品是用來遮蓋什麼的呢？

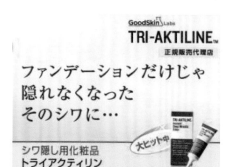

| 單字核對

隠れる 隱藏、遮掩
シワ隠し用化粧品 遮蓋皺紋的保養品
大ヒット中 熱烈迴響中；熱賣中

| 文句解析

對使用粉底霜
也無法遮掩的
皺紋…。

4. 請問下列是有何種功能的肥皂廣告呢？

單字核對		文句解析
<ruby>合成界面活性剤<rt>ごうせいかいめんかっせいざい</rt></ruby> 合成界面活性劑		お肌を<ruby>保湿<rt>はだ ほしつ</rt></ruby>する<ruby>洗顔石鹸<rt>せんがんせっけん</rt></ruby>
<ruby>鉱物油<rt>こうぶつゆ</rt></ruby> 礦物油　<ruby>防腐剤<rt>ぼうふざい</rt></ruby> 防腐劑		為肌膚保濕的洗顏皂
<ruby>無添加<rt>むてんか</rt></ruby> 無添加　<ruby>洗顔石鹸<rt>せんがんせっけん</rt></ruby> 洗顏皂		

5. 請問這是添加很多什麼的化妝品呢？

單字核對	文句解析
ハチミツ <ruby>蜂蜜<rt>はちみつ</rt></ruby>(=蜂蜜)	ハチミツでできた<ruby>潤<rt>うるお</rt></ruby>いたっぷりの
たっぷり 滿滿、充滿	利用蜂蜜所製成含有保濕成分的
ナチュラル 天然的、自然的	ナチュラルスキンケア<ruby>化 粧 品<rt>け しょうひん</rt></ruby>
	天然護膚保養品

6. 請問這是要擦在哪裡的乳霜呢？請從照片中找出來，並將答案圈起來。

單字核對
<ruby>薬用<rt>やくよう</rt></ruby> 藥用
ハンドクリーム 護手霜
<ruby>うるおい成分配合<rt>せいぶんはいごう</rt></ruby> 加入水分（保濕）成分

Answer：1. <ruby>角質<rt>かくしつ</rt></ruby> 角質　2. <ruby>敏感肌<rt>びんかんはだ</rt></ruby> 敏感肌膚　3. シワ 皺紋　4. <ruby>保湿<rt>ほしつ</rt></ruby> 保濕　5. <ruby>潤<rt>うるお</rt></ruby>い 水分　6. ハンド 手

看圖回答問題

◆ 請將畫底線的部分翻成日文填入框框內。

1 用卸妝乳**卸妝**。
クレンジングクリームで
[＿＿＿＿＿＿＿＿＿＿＿]。

2 使用**臉部專用**的去角質產品。
[＿＿＿＿＿＿＿＿＿]のスクラブを使(つか)う。

3 用放大鏡**觀察皮膚**。
拡大鏡(かくだいきょう)で[＿＿＿＿＿＿＿＿]。

4 在臉上敷**美白面膜**。
顔(かお)に[＿＿＿＿＿＿＿＿＿＿]をする。

5 **敷**面膜10分鐘。
10分間(ぷんかん)パックを[＿＿＿＿＿＿]いる。

6 **塗抹**在全臉上並加以按摩。
顔全体(かおぜんたい)に[＿＿＿＿＿＿]マッサージする。

7 沾取少量的眼霜以**輕點**的方式塗抹。
少量(しょうりょう)を[＿＿＿＿＿＿＿＿＿＿]塗(ぬ)る。

8 擦上**厚厚的**護唇膏。
リップクリームを[＿＿＿＿＿]塗(ぬ)る。

◆ 正解在P.214+215頁

看一下電視在播什麼吧！

10:00 p.m. 電視

　　一到晚上，總是會打開電視來排遣寂寞的桐谷小梅，看膩了那些隨便猜就知道的電視劇情，但仍羨慕起主角之間宿命式的愛情。

遙控器到底在哪裡啊？
啊！在沙發上呢！

1 拿起遙控器。

有什麼好看的節目嗎？

2 打開電視機。

這個頻道太多**廣告**了！

那部電視劇**收視率**好像很低。

3 **轉到**38頻道。

不喜歡悲傷的電影。

4 一直轉台。

◆ 請試著想想看用螢光筆標示出的部分日文該怎麼說，再將答案寫在框框裡

這是上禮拜**沒看到**的節目呢！

5　看**重播**的洋片。

故事越來越**有趣了**呢！

6　**提高**音量。

主角好帥啊！
這讓我想到，該好好學英文了。

7　看**字幕**。

好**期待**接下來的故事喔！

8　**關掉**電視。

1

遙控器到底在哪裡啊？
啊！在沙發上呢！

拿起遙控器。

自 リモコンは一体どこだろう。あ、ソファーの上
にあったのね。
　　　　　　　　　　　　　　　沙發上

動 リモコンを取る。
　　　　　　抓、拿、撿拾

2

有什麼好看的節目嗎？

打開電視機。

自 何か面白い番組ないかな…
　　　　好看的節目
番組 的意思為「節目」；也可以稱為 プログラム。

動 テレビをつける。
　　　　打開電視
◆ 電気をつける 打開電器　ガスをつける 打開瓦斯

3

這個頻道太多廣告了！
那部電視劇收視率
好像很低。

轉到38頻道。

自 このチャンネルはコマーシャルが多すぎる。
　　　　在節目的前後或中途所進行的商業性廣告（CM）
あのドラマは視聴率が低いらしいけど。
　　　　　　收視率低

動 38番チャンネルに変える。
　　　　　　改變、更改

4

不喜歡悲傷的電影。

一直轉台。

自 悲しい映画はいやだな。
　　哀傷電影

動 チャンネルをしきりに変える。
　　　　　　一直、持續
◆ 彼から電話がしきりにかかってきた。 他的電話一直打來。

5

這是上禮拜**沒看到**的節目呢！

看**重播**的洋片。

目 これは先週見逃した番組じゃん。
<small>せんしゅう み のが ばんぐみ</small>

錯失、錯過

見逃す 使用在「漏掉、錯過（機會）／放過、饒恕」等的意思上。

◆ このまえ見逃した一話の内容が知りたくてあらすじを読んだ。
<small>み のが いちわ ないよう し よ</small>
　因為想知道上次漏看的第一集內容，所以看了劇情大綱。

動 アメリカの映画の再放送を見る。
<small>えい が さいほうそう み</small>

重播

6

故事越來越**有趣**了呢！

提高音量。

目 ストーリーがだんだん面白くなってきた。
<small>おもしろ</small>

變有趣了

動 ボリュームを上げる。
<small>あ</small>

提高音量

◆ ボリュームを下げる 降低音量
<small>さ</small>

7

主角好帥啊！這讓我想到，該好好學英文了。

看字幕。

目 主人公が格好いい〜。ところで、英語の勉
<small>しゅじんこう かっこう えい ご べん</small>
　強頑張らなくちゃね。　對了！（改變話題的時候）
<small>きょうがん ば</small>

〜なくちゃ 是 〜なくては 的口語用法。

◆ 早く行かなくちゃならない。 得快點去了！！
<small>はや い</small>

動 字幕を読む。
<small>じ まく よ</small>

字幕

8

好**期待**接下來的故事喔！

關掉電視。

目 次のストーリーが楽しみだわ。
<small>つぎ たの</small>

高興、期待

◆ 楽しみにしていた旅行がキャンセルになった。
<small>たの りょこう</small>
　一直期待的旅行取消了。

動 テレビを消す。
<small>け</small>

關掉電視。

チャンネルはそのまま！

不要轉台

このあともまだ続きます！チャンネルはそのまま！

待會還會繼續喔！請不要轉台！

Tip 經常可以聽到節目宣傳人說「請不要轉台！」，日文則是講 チャンネルはそのまま。そのまま 是「保持那樣不動」的意思，有時在節目中途要播放廣告時，主持人也會講這句話。

請不要轉台喔！

ハイビジョンテレビ

HD電視

ハイビジョンテレビが当たり前になり、大画面、高画質を手軽に楽しめるようになった。

HD電視普遍化後，就變得可以輕鬆得到寬螢幕以及高畫質的視覺享受。

◆ **手軽に** 輕易、簡便

はまる

陷入、沉迷

今のドラマは無意識に見てるとはまってしまう。

最近的連續劇只要下意識地去看，便會沉迷。

視聴者

收看者、收看人、收視觀眾

テレビというのは視聴者の意見を反映している。

電視這種東西就是反映著觀眾的意見。

放送時間

播放時間

放送時間が変更になる場合があります。

有可能會變更播放時間。

有線テレビ
有線電視
有線テレビに加入している。
現在也有加入有線電視。

◆ ケーブル放送 電纜（有線）放送

芸能人
藝人
芸能人になりたがっている人が多い。
想成為藝人的人很多。

タレント
演員
彼女は才能のあるタレントである。
她是很有才華的演員。

◆ 素質がある 素質佳

生放送
現場直播 (=ライブ‹live›)
生放送は独特のライブ感があるからおもしろい。
現場直播有獨特的臨場感，很有趣。

◆ 生中継 實況轉播

トーク番組
訪談節目
ゲストに女優が来ることが多いトーク番組です。
這是邀請許多女演員作特別來賓的訪談節目。

◆ 女優 女演員　男優 男演員

お笑い番組

搞笑節目 (=コメディー番組)

最近のお笑い番組はあまり面白くない。

最近的搞笑節目不怎麼有趣。

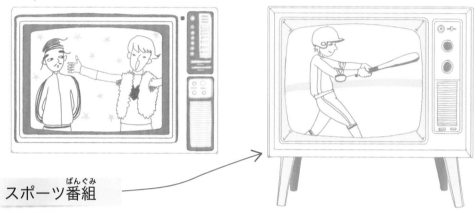

スポーツ番組

體育節目

今日はスポーツ番組ばかりだなぁ。

今天只有體育節目耶！

クイズ番組

機智問答節目、益智性節目

最近クイズ番組が少なくなった。

最近電視的益智節目變少了。

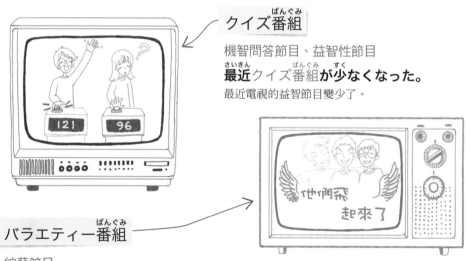

バラエティー番組

綜藝節目

バラエティー番組の罰ゲームを見てちょっとやりすぎだと思った。

看到綜藝節目的處罰遊戲，覺得有點玩過頭了。

コマーシャル

廣告播放

コマーシャルが長すぎてストーリーが分からなくなることがよくある。

有時廣告播放的時間太長了，會讓人無法了解故事內容。

どっきりカメラ

整人節目

一般人を対象にした「どっきりカメラ」という番組があった。有以一般人為對象的整人節目，叫作「整人偷拍鏡頭」。

◆ どっきり 表示驚訝時，内心震撼的模様

ドキュメンタリー

紀錄片、實錄

ドキュメンタリー番組をもっと放送して欲しい。

希望可以再多播放一點紀錄片。

ドラマ主題歌

連續劇主題曲

人気俳優と歌手が出演した話題のドラマ主題歌が発売される。

人氣演員和歌手所主演的話題連續劇主題曲開始發售。

提供

提供

この番組はToori財団の提供でお送りします。

這個節目是由Toori集團所贊助播出。

白黒テレビ
<ruby>白黒<rt>しろくろ</rt></ruby>テレビ

黑白電視機

<ruby>倉庫<rt>そうこ</rt></ruby>から30<ruby>年前<rt>ねんまえ</rt></ruby>のほこりのかぶった<ruby>古<rt>ふる</rt></ruby>い<ruby>白黒<rt>しろくろ</rt></ruby>テレビが<ruby>出<rt>で</rt></ruby>てきた。

從倉庫裡出現了（發現了）30年前佈滿灰塵的老舊黑白電視機。

受信料
じゅしんりょう

收視費用

<ruby>受信料<rt>じゅしんりょう</rt></ruby>は<ruby>必<rt>かなら</rt></ruby>ず<ruby>支払<rt>しはら</rt></ruby>うべきか。

一定要支付收視費嗎？

◆ べき 理當應該～

録画
ろくが

（電視）錄影

<ruby>追<rt>お</rt></ruby>いかけ<ruby>再生<rt>さいせい</rt></ruby>と<ruby>言<rt>い</rt></ruby>うのは、<ruby>録画<rt>ろくが</rt></ruby><ruby>中<rt>ちゅう</rt></ruby>の<ruby>番組<rt>ばんぐみ</rt></ruby>の<ruby>再生<rt>さいせい</rt></ruby>ができる<ruby>機能<rt>きのう</rt></ruby>です。

「追蹤再生」是可以讓錄影中的節目再次播放的功能。

テレビ番組表
ばんぐみひょう

電視節目表

<ruby>数日前<rt>すうじつまえ</rt></ruby>のテレビ<ruby>番組表<rt>ばんぐみひょう</rt></ruby>を<ruby>見<rt>み</rt></ruby>たい。

我想看幾天前的電視節目表。

TBS1		TBS2	
06:00	Ｎews廣場	06:00	世界的早晨1
07:45	TV's利用	07:00	世界的早晨2
08:05	TV小弟	08:00	早晨新聞
30	早晨園地	09:00	早晨連續劇
09:30	新聞	30	訪談節目
10:00	教養	40	地球村新聞
50	TV卡通	11:00	熱門連續劇
55	主婦	12:00	感性雜誌
12:00	12點新聞		
1:00	現場直播	1:30	Special
2:10	體新	2:20	周三周四連續劇
4:00	新聞	4:40	漫畫
5:00	幼兒		
7:00	連續劇	7:10	新聞
9:00	新聞	9:00	周三周四連續劇
10:00	文化	10:05	特別劇
11:00	新聞	11:00	搞笑節目
40	綜藝		

声優
せいゆう

聲優、配音員

<ruby>声優<rt>せいゆう</rt></ruby>は<ruby>個性<rt>こせい</rt></ruby>のある<ruby>声<rt>こえ</rt></ruby>はもちろん、<ruby>演技力<rt>えんぎりょく</rt></ruby>も<ruby>大事<rt>だいじ</rt></ruby>だ。

聲優不但要有獨特的個性嗓音，演技也很重要。

間接広告
かんせつこうこく

間接廣告、置入性廣告

<ruby>過度<rt>かど</rt></ruby>な<ruby>間接広告<rt>かんせつこうこく</rt></ruby>に<ruby>対<rt>たい</rt></ruby>する<ruby>不満<rt>ふまん</rt></ruby>の<ruby>声<rt>こえ</rt></ruby>もある。

也有人對於過多的間接廣告感到不滿。

編註 「間接廣告」英文為：Indirect advertising。「間接廣告」指的是不明示的廣告。例如：觀賞棒球比賽時，會看到球場邊貼了許多某大企業的贊助帆布等等，這就是「間接廣告」。

1. 請問下列是有關什麼的排名？

週間視聴率ランキング		
1位	月9 (F)	「コード・ブルー-ドクターヘリ緊急救命-2nd season」 17.2%
2位	月8 (T)	「ハンチョウ〜神南署安積班〜シリーズ2」 12.5%
3位	水10 (N)	「曲げられない女」 11.0%
4位	木8 (A)	「853〜刑事・加茂伸之介」 11.0%
5位	日9 (T)	「特上カバチ！！」 9.9%
6位	土8 (T)	「ブラッディ・マンデイ」 9.5%
7位	金11 (A)	「サラリーマン金太郎2」 9.4%
8位	金10 (T)	「ヤマトナデシコ七変化♡」 9.3%
9位	火10 (F)	「まっすぐな男」 8.7%
10位	土9 (N)	「左目探偵ＥＹＥ」 8.5%

Ι 單字核對

ヘリ 直升機（helicopter）
緊急救命 緊急救命（急救）
刑事 刑事；刑警　　特上 特優
まっすぐ 直、筆直／正直
探偵 偵探
曲げられない 不妥協

Ι 文句解析

週間視聴率ランキング
一週收視率排名

(1) 空中急診英雄2
(2) 神南署安積班
(3) 女人不妥協
(4) 853〜刑警・加茂伸之介
(5) 代書萬萬歳！！
(6) 天才駭客F
(7) 上班族金太郎2
(8) 完美小姐進化論
(9) 率直男人
(10) 左眼偵探EYE

2. 請問依下面的廣告做推斷，可以免費看到什麼？

あなたにあったメディアを発見して

テレビ番組表を無料で簡単ゲット！

Ι 單字核對

メディア(media) 媒體、大眾傳播工具
発見 發現
ゲット(get) 得到、獲得

Ι 文句解析

あなたにあったメディアを発見して
發現適合你自己的媒體（電視節目）
テレビ番組表を無料で簡単ゲット！
免費取得電視節目表！

Answer：1. 視聴率ランキング 收視率排名　2. テレビ番組表 電視節目表

◆ 請將畫底線的部分翻成日文填入框框內。

1 **拿起**遙控器。

リモコンを ☐ 。

2 **打開電視機**。

☐ 。

3 **轉到**38頻道。

38番^{ばん}チャンネルに ☐ 。

4 **一直**轉台。

チャンネルを ☐ 変^かえる。

5 看**重播**的洋片。

アメリカの映画^{えいが}の ☐
を見^みる。

6 **提高音量**。

☐ 。

7 看**字幕**。

☐ を読^よむ。

8 **關掉電視**。

☐ 。

◆ 正解在P.226+227頁

那麼晚了，
上網買好了

11:10 p.m. 網路購物

　　看完洋片之後，桐谷小梅領悟到學英文的重要性，又加上想配得上英文流利的田中直輝，所以正準備上網路商店購買學英文的教材。

網路購物真的很方便。

又便宜、又快速、又簡單…

1 到綜合購物網站。

點選「書籍、雜誌」的**項目**

2 看下拉選單。

有經營、**財務管理**、傳記、回憶錄、**自我啟發**等許多種類耶！

3 找尋分類別。

這是**暢銷**作家寫的書，看看吧！

4 點選「**詳細檢索**」。

英文學習書也有幾千本耶！
還是先買**必須要買的書**吧！

5 到處瀏覽網路**比較價錢**。

這本書**定價**2,575日元，
但可以有7折的**折扣**。

6 加入「**下次再買清單**」。

購買2,000日元以上，則免運費。

7 點選「**放入購物車**」。

「**運送地址**」是家裡，支付用信用卡。

8 選取「**付款方式**」。

1 網路購物真的很方便。
又便宜、又快速、又
簡單…

到綜合購物**網站**。

🗣 ネットショッピングって本当に楽だよね。

網路購物（インターネットショッピング的略語表現）

安くて早くて簡単だし。

し 是接續詞，有「而且、又」的意思。

📱 総合ショッピングサイトへ行く。

網站

---

2 點選「書籍、雜誌」
的**項目**

看下拉選單。

🗣「本、雑誌」のカテゴリーをクリックして。

領域、項目（範疇）

📱 プルダウンメニューを見る。

下拉式選單

[pulldown menu]＝ドロップダウンメニュー(drop down menu)

---

3 有經營、財務管理、傳
記、回憶錄、自我啟發等
許多種類耶！

找尋分類別。

🗣 経営、財テク、伝記、回顧録、自己啓発…

金融財務（財務テクノロジー的略語）　自我啟發

いろんな種類があるな。

いろんな 是 いろいろな 的省略口語體。

📱 分野別に探す。

找尋

---

4 這是**暢銷作家**寫的書，
看看吧！

點選「詳細檢索」。

🗣 これはベストセラー作家が書いた本なんだぁ。

読んでみようかな。──暢銷作家

📱「詳細検索」をクリックする。

詳細檢索

5

英文學習書也有幾千本耶！還是先買必須要買的書吧！

到處瀏覽網路比較價錢。

🔵 英語学習の本は数千冊もあるのね。　表示「強調」

さて、買うべき物を先に買わないと。　必須要買的

さて 有許多種用法，在這裡是有「轉換話題」的意涵。～べき 有「（應當）必須要做…」的意思。

🔴 ネットめぐりをして、価格を比較する。比較價格

めぐり 是 めぐる（到處逛、循環）的名詞形（連用形），使用在「循環、到處拜訪、瀏覽」的意思上。

6

這本書定價2,575日元，但可以有7折的折扣。

加入「下次再買清單」。

🔵 この本は定価が2,575円だけど、
定價

30%も割引してもらえるじゃん。
折扣

🔴 「ほしい物リスト」に入れる。
慾望清單

如果直接翻譯 ほしい物リスト，那就是「想要的物品清單」。

7

購買2,000日元以上，則免運費。

點選「放入購物車」。

🔵 2,000円以上購入したら無料配送！
購買

◆ 送料無料 免運費

🔴 「カートに入れる」をクリックする。
放入購物車、裝入購物籃

日文的「放入購物車」是以 カートに入れる 來表現。

8

「運送地址」是家裡，支付用信用卡。

選取「付款方式」。

🔵 届け先は家、支払いはクレジットカードで。
配送地

🔴 「支払い方法」を選択する。
付款方式

オートコンプリート

關鍵字自動完成

オートコンプリートとは過去(かこ)の入力履歴(にゅうりょくりれき)を参照(さんしょう)して次(つぎ)の入力内容(にゅうりょくないよう)を予想(よそう)し、あらかじめ表示(ひょうじ)することである。 關鍵字自動完成是指參考之前的輸入資料，預測接下來的輸入內容，然後事先顯示出來。

検索語(けんさくご)

關鍵字

検索語(けんさくご)を検索窓(けんさくまど)に入力(にゅうりょく)してください。

請將關鍵字輸入在搜尋列內。

パスワード再設定(さいせってい)

重設密碼

パスワードを忘(わす)れた方(かた)はパスワード再設定(さいせってい)をしてください。

忘記密碼的人請重設密碼。

全画面表示(ぜんがめんひょうじ)

全螢幕顯示

動画(どうが)を全画面表示(ぜんがめんひょうじ)にしたら、途中(とちゅう)で画面(がめん)が真(ま)っ暗(くら)になってしまった。

將影片開成全螢幕顯示，但途中畫面就變黑了。

◆ 動画(どうが) 影片

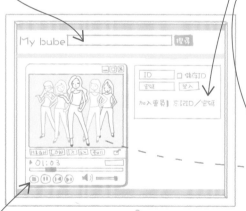

ポップアップ

彈出；跳出（pop-up）

画面上(がめんじょう)で開(ひら)くポップアップウィンドウを利用(りよう)して、インターネットに広告(こうこく)を掲載(けいさい)している。

利用螢幕上的自動彈出視窗，在網路上登載廣告。

◆ ポップアップウィンドウ 彈出式視窗

大きい画像を見る

看放大圖

大きい画像を見る**時は下の画像をクリックしてく**

ださい。 要看放大圖像的話，請點擊下面的圖像。

◆**画像** 畫像／影像

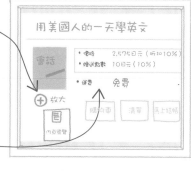

配送費

運費 (=送料)

大きいサイズの配送費**は別に加算になります。** 大尺寸的運費要另外計算。

◆集體運送（日文的漢字標示為「**一括発送**」，意即「等數個訂購商品調齊後，再為顧客出貨」）

分割払い

分期付款

分割払い**で買うと、手数料はいくらになる？**

如果要分期付款，手續費要多少呢？

商品説明

商品說明

「商品説明**」をクリックすると、商品の詳細が見られます。**

如果點選「商品說明」，就可以看到商品的詳細說明。

◆**詳細** 詳細、仔細

お客様レビュー

顧客評價

商品の品質はお客様レビュー**を参考にして**

います。 商品的品質，顧客的評價。

◆レビュー 評論、批評

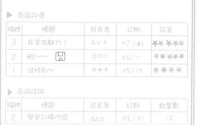

営業日

營業日

年末年始の営業日**及び営業時間についてのご案内。**

關於年終與年初的營業日與營業時間指南。

◆**及び** 以及、與　　**敬語及び文章のチェックをお願いします。** 敬語以及文章的核對，就麻煩你了。

しんしょうひん
新商品

新商品
か でん　せいかつようひん　ざっか　　　　　　　しんしょうひんじょうほう　　　ていきょう
家電、生活用品、雑貨などの新商品情報を提供しているサイトです。
這是提供家電製品、生活用品、雜貨等新商品情報的網站。

ちゅうもん　はいそう　　かん　　　　　　　　と　あ
注文・配送に関するお問い合わせ

訂貨・配送的相關諮詢
ちゅうもん　はいそう　かん　　　　　　　と　あ　　　　　　　　　　　やす　えいぎょう
注文・配送に関するお問い合わせについては、休まず営業しております。
有關訂貨配送的相關諮詢，我們全天候為您服務。

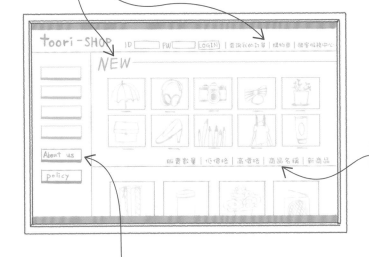

じゅん　なら
～順で並べる

依序排列
きんがく　たか　じゅん　なら
金額の高い順で並べる。
以售價高低的順序排列。

かいしゃしょうかい
会社紹介

公司介紹
かいしゃしょうかい　　　　　　　　　　　　　　　　　　おお　　　　じょうほう　み
「会社紹介」をクリックすると、もっと多くの情報が見られる。
點擊「公司介紹」，可以看到更多的資訊。

へんぴん　こうかん
返品・交換

退貨、換貨
へんぴん　こうかん
ラベルを取ってしまうと返品・交換はできません。
如果拆下商標，就無法退貨或換貨。

◆ ラベル 標籤、商標

顧客サービス
こ きゃく

顧客服務

顧客サービスを第一に考えている。 以服務顧客為優先考量。
こ きゃく　　　　　　だいいち　　かんが

CS
顧客服務中心

CONTACT

FAQ　My Shop　CALL

連絡する
れんらく

聯絡

1544
12**
顧客服務中心使用按市

SEARCH

免付費電話
1-800-123-4567

電話またはファックスで連絡し
でん わ　　　　　　　　　　　　　　　　れんらく
てください。

請以電話或傳真聯絡我們。

受信者負担
じゅしんしゃ ふ たん

免付費電話

外国通話の分は受信者負担になります。
がいこくつう わ　　ぶん　じゅしんしゃ ふ たん

國外通話的部分為免付費電話。

顧客服務諮詢

配送進度　退貨　取消

キャンセル(cancel)

取消 (=取り消し)
　　　　　と　け
注文をキャンセルしたいです。
ちゅうもん
我想取消訂購。

送り返し
おく　かえ

退回、退還

品物に傷があったので送り返しした。 因為商品有瑕疵，所以我退貨了。
しなもの　きず　　　　　　　　おく　かえ

全額払い戻し
ぜんがくはら　もど

全額退費

商品の交換じゃなくて全額払い戻しを要求した。
しょうひん　こうかん　　　　　　ぜんがくはら　もど　　ようきゅう

不是要交換商品，而是要求全額退費。

1. 請問下列是有關什麼的保障服務呢？

安心の返品
交換 保証サービス

未開封商品に限り、返品・交換
を承ります。

Ⅰ單字核對
保証(ほしょう)サービス 保障服務　未開封(みかいふう) 未開封
〜に限(かぎ)り 限於〜
承(うけたまわ)る〔接受〕的謙讓語、僅領

Ⅰ文句解析
安心(あんしん)の返品(へんぴん)　安心的退貨
交換(こうかん)保証(ほしょう)サービス　換貨保證服務
未開封(みかいふう)商品(しょうひん)に限(かぎ)り、返品(へんぴん)・交換(こうかん)を承(うけたまわ)ります。
限未開封商品，接受退貨或換貨。

2. 請問訂購方法有哪些呢？

★ご注文方法
インターネットはもちろん。お電話や携帯サイトでもご利用できます。

Ⅰ單字核對
もちろん 當然
携帯(けいたい)サイト 手機網站
利用(りよう) 利用

Ⅰ文句解析
ご注文方法(ちゅうもんほうほう)　訂購方法

インターネットはもちろん。お電話(でんわ)や
携帯(けいたい)サイトでもご利用(りよう)できます。
不只有網路，您也可以使用電話或手機網站。

3. 請問請從下圖中，找出意思為新上市產品的單字。

新商品：New

4. 請問要訂購多少錢以上，才可以免運費？

單字核對	文句解析
送料 運費、郵資費用	ネイリストのネイル屋さん　指甲美容師（或指美甲沙龍）
以上 以上	大人気お家でカンタン! ジェルネイルセットからプロ用
ネイリスト (nailist) 指甲美容師	ネイルツールアイテムまで
大人気 大受歡迎	超人氣的在家裡用也簡簡單單！從凝膠型指甲組合到專業
	級的指甲用小型工具組都有
	¥5,000以上送料無料　5000日元以上免運費

5. 請問下面的廣告顯示折扣持續到什麼時候？

單字核對	文句解析
限定 限定　消耗品 消耗品　超特価 超特價	限定48小時
買い置き 買來存放　応援 支持、援助	消耗商品只有現在超特價，要買要快！
迷わず 不要猶豫　いますぐ 現在馬上	生活支援促銷
	不要猶豫，現在馬上來報到！

6. 請問這是什麼商品的折扣活動？請用中文回答。

單字核對
冬 冬天
ボーナス 獎金、紅利
セール 特價銷售

看圖回答問題

◆ 請將畫底線的部分翻成日文填入框框內。

1 到綜合購物**網站**。

総合（そうごう）ショッピング［＿＿＿＿＿＿］へ行（い）く。

2 看**下拉選單**。

［＿＿＿＿＿＿＿＿＿］を見（み）る。

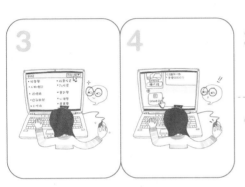

3 **找尋**分類別。

分野別（ぶんやべつ）に［＿＿＿＿＿＿＿＿＿］。

4 點選「**詳細搜尋**」。

「［＿＿＿＿＿＿＿＿］」をクリックする。

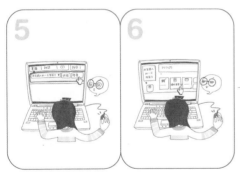

5 到處瀏覽網路**比較價錢**。

ネットめぐりをして、［＿＿＿＿＿＿＿＿］。

6 加入「**下次再買清單**」。

「［＿＿＿＿＿＿＿＿］」に入（い）れる。

7 點選「**放入購物車**」。

「［＿＿＿＿＿＿＿］」をクリックする。

8 選取「**付款方式**」。

「［＿＿＿＿＿＿＿］」を選択（せんたく）する。

◆ 正解在P.238+239頁

246+247

22

是愛情？還是錯覺？

11:30 p.m. 異性關係

　　桐谷小梅收到田中直輝傳來「詢問自己是否平安到家」的郵件，看了好幾遍他傳來的郵件，感到相當地坐立不安。

這個用日文要怎麼說啊

一直想著直輝呢！

看了**好幾遍**直輝
傳來的郵件。

1

心在噗通噗通地跳著。

在房間裡**走來走去**。

2

在那夢中也是那樣，在咖啡店**偶然相遇**也是那樣，這是怎樣的緣分啊？

回想在咖啡店裡遇見的直輝。

3

真的**好帥**喔！

對直輝深深著迷。

4

感覺好像和直輝心靈相通。

5　玩弄手機。

搞不好他喜歡我也說不定。

6　看著來信偷笑。

不會的！只是我的錯覺而已。

7　一邊失望一邊嘆氣。

搞不好他有交往的對象也不一定。

8　搖搖頭。

1

一直想著直輝呢!

看了**好幾遍**直輝
傳來的郵件。

自 ずっと直輝のことばっかり考えてしまう。

只想著…

ばっかり有「只、只是」的意思,表「限定」。～のことば
っかり考える 表示只想著某件事情而已。

動 直輝が送ってくれたメールを何度も見る。

好幾次、好幾遍

這裡所使用的 も 表「強調」,可以用來強調數量或次數的多寡。

2

心在**噗通噗通**地跳著。

在房間裡走來走去。

自 胸がどきどきするわ。

砰砰跳

動 部屋の中を行ったり来たりする。

來來往往、來來去去

日文的「來來去去」和我們正好相反。

3

在那夢中也是那樣,
在咖啡店**偶然相遇**也是那
樣,這是怎樣的緣分啊?

回想在咖啡店裡遇見的
直輝。

自 あの夢もそうだし、カフェでばったり会った
のもそうだし、何かの縁かな。 (偶然)相遇

◆ デート中に同級生にばったり会った。
在約會的途中,偶然遇見同班同學。

動 カフェで会った直輝を思い出す。

回想、回憶

4

真的**好帥**喔!

對直輝**深深著迷**。

自 本当に格好いいわ!

帥、好看

動 直輝に夢中になる。

熱衷、著迷、沉迷

◆ 首ったけ 被迷住、熱衷於某件事的模樣
ゲームに首ったけの息子。 沉迷於遊戲的兒子。

5

感覺好像和直輝心靈相通。

玩弄手機。

自 直輝と心が通じ合ったような気がする。

感覺到、有…的想法

◆ 一人足りない気がするが気のせいかな。
好像少一個人的感覺，是我心理作用嗎？

動 携帯をいじる。玩弄、撫弄

◆ 彼女はネックレスをいじりながら話した。
她一邊玩弄項鍊一邊說話。

6

搞不好他喜歡我也說不定。

看著來信偷笑。

自 もしかして私のこと(を)好きかもしれない。

搞不好、或許

也可以使用和 もしかして（搞不好、或許）擁有相同意思的 も
しかすると、もしかしたら、ひょっとして、ひょっとしたら。

動 メールを見てにっこり笑う。

微微一笑、笑嘻嘻

7

不會的！
只是我的錯覺而已。

一邊失望一邊嘆氣。

自 違う！私の勘違いにすぎないわ。

只是錯覺而已

〜にすぎない 主要使用在「只不過是…」的意思上。

◆ あなた、何か勘違いしてるんじゃない。
你是不是誤會什麼了啊？

動 がっかりして溜め息をつく。嘆氣

8

搞不好他有交往的對象也不一定。

搖搖頭。

自 付き合ってる人がいるかもしれない。

交往的

付き合う 有「來往、交往／（一般性）一起行動、共事」的
意思，和 〜ている 合併在一起後，就有「（男女朋友關係
的）正在交往的」的意思。

◆ 交際 交際、交往

動 頭を振る。搖頭

這個你一定要知道!!

白馬の王子様

白馬王子

私の前に白馬の王子様が現れてくれないかな。

白馬王子不會出現在我的面前嗎?

浮気する

劈腿、外遇

友達の旦那が若い女と浮気をした。

朋友的丈夫和年輕女子有了外遇。

◆ 不倫 不倫;不正常的男女關係

振る

甩、拒絕、放棄

振られたけど、どうしてもあきらめきれない。

雖然被甩了,但還是無法完全放棄。

※動詞連用形＋～きれない

「不能完全…」

別れる

分手、分開

別れた元の彼女とやり直したい。

想和分手的前女朋友復合。

◆ 元彼女 有時,也可以將元彼女講成元カノ。↔ 元彼(前男友)

片思い

暗戀、單戀

現在片思いをしている男性がいます。

現在我有暗戀的男生。

初恋

初戀

私の初恋の相手は幼稚園の先生だった。

我初戀的對象是幼稚園的老師。

出会いを取り持つ

介紹男女認識（見面）

男女の出会いを取り持つ「結婚サイト」が活況を呈している。 介紹男女認識的「結婚網站」的盛況空前。

◆ **呈する** 呈現、表現、展現

合コン

（男女為了交往而參加的）聚會、聯誼

合コン後、メールをやりとりしている気になる男性がいる。
聯誼會之後，有個跟我通電子郵件的男生（人）很讓我牽腸掛肚。

※**合コン**是**合同コンパ**的略語。**コンパ**是指在大學或聚會中的見面，為company的略語。另外一個詞**ミーティング**（meeting）有會議、集會的意思，所以不可使用在「男女見面」的意思上。

◆ **お見合い** 相親

デートを申し込む

邀請約會

今度彼女に美術館デートを申し込む予定です。
預定下次要邀請女朋友在美術館約會。

一目惚れする

一見鍾情

友達と飲み会に来た男性が彼女に一目惚れしました。
和朋友一起參加酒聚的男子，對她一見鍾情。

◆ **惚れる** 看上、迷戀上

惚れる

看上、迷戀上

男性が女性に惚れる瞬間ってどんな時かな。
男生在什麼時候會對女生一見鍾情呢？

お似合いのカップル

天生一對

あの二人は本当に仲がよくてお似合いのカップルだね。
那兩個人真是關係超好的一對耶！

運命の人

命運中的人、真命天子

よく運命の人って言うけど、本当に運命の人っているのかな。
經常會提真命天子，但真的有真命天子嗎？

◆ **赤い糸で結ばれた運命の人** 被紅線相繫的真命天子。

カリスマ

領袖風範、號召力

彼女は自信に満ち溢れているカリスマ弁護士である。

她是充滿自信且擁有號召力的律師。

ユーモア感覚

幽默感

彼はユーモア感覚に欠けている。他缺乏幽默感。

◆ 欠ける 不足、不夠／缺乏、缺少

性格

性格

顔を見ただけで、ある程度性格がわかる。

光看臉，就可以知道大致上的性格。

経済力

經濟能力

男性を経済力で判断する女性もいる。

有女性會以經濟能力來評價男性。

筋肉質

有肌肉、健壯

筋肉質の男性が好みなの。

我喜歡肌肉型的男生。

理想の男性

理想中的男性

私の理想の男性は料理ができてとても優しい人だ。

我理想中的男性是很會做料理，而且很善良的人。

頭がいい

頭腦好;聰明

友達は頭がいいし、仕事もできる。 朋友的頭腦很好,做事也很厲害。

何不自由無く

什麼都不缺地、沒有任何不足(拘束)的

彼は裕福な家庭で何不自由無く育った。

他在富裕的家庭裡,衣食無缺地成長。

◆ **不自由** 不自由;不足;不方便

親切な

親切的

私だけじゃなく、誰にでも親切な彼。

不只對我而已,對誰都很親切的男朋友。

外見

外表、外貌

外見ばかり見る男は止めた方がいいよ。

只看外表的男生,還是放棄比較好。

背

身高、個子 (=身長)

背が高くなりたいです。

我想長高。

気立てのやさしい

心地善良的

気立てのやさしい女らしいタイプの人がいい。

我喜歡心地善良且有女人味的人。

和個性有關的表現 (性格関連表現 せいかくかんれんひょうげん)

*外向的（がいこうてき）外向的

*内向的＝内気（ないこうてき・うちき）内向的

*温かみのある（あたた）有人情味的

*のんきな 無憂無慮的

*寛大な（かんだい）寬大的

*おもしろい 有趣的

*朗らかな（ほが）爽朗的

*純粋な（じゅんすい）清純的

*野心的な（やしんてき）有野心的

*まじめな 勤勉的；認真的

*融通のきく（ゆうずう）懂得變通的

*頼もしい（たの）值得信任的

*率直な（そっちょく）坦誠的

*遠慮深い（えんりょぶか）（小心翼翼）慎重的；深思熟慮的

*わんぱくな 淘氣的

*平凡な（へいぼん）平凡的

*猫をかぶる（ねこ）裝模作樣的；虛偽的

*自己中心的＝自己中（じこちゅうしんてき・じこちゅう）自我中心的

*おしゃべりな 多嘴的／囉嗦的

*優柔不断（ゆうじゅうふだん）優柔寡斷的

*過敏な（かびん）敏感的

*短気な（たんき）性急的

*すぐかっとする 容易暴躁、火大的

*議論好きな（ぎろんず）愛追問的；好議論的

*気難しい（きむずか）難對付的、難搞的

*幼稚な（ようち）幼稚的

*頑固な（がんこ）頑固的

*意地悪な（いじわる）心術不正的；不懷好意的

*思いやりのある（おも）關懷別人的

和外表有關的表現 (外見関連表現 がいけんかんれんひょうげん)

*すらっとした 苗條的

*贅肉のない（ぜいにく）沒有贅肉的

*がっちりした 身材結實的

*体格がいい（たいかく）體格好的

*ずんぐりした 又矮又胖的

*目の大きい（め・おお）大眼睛的

*肌の白い（はだ・しろ）皮膚白皙的

*髪の毛が多い（かみ・け・おお）頭髮多的

*ふっくらとした 豐滿的

*太った（ふと）胖胖的

*肥満（ひまん）肥胖的

*体重超過（たいじゅうちょうか）（體重）過重

*がりがりに（形容瘦的模様）骨瘦如柴

*禿頭（はげあたま）禿頭

*そばかすのある 有雀斑的

1. 請問下面是有關什麼的書籍？請從照片中找出相關的單字。

▶書名：性格は捨てられる 個性是可以拋棄的（放下＜負面＞性格）

2. 請問下面是為了在哪方面成功的所辦的攻略講座呢？

「合コン・コンパ」必勝法!!
～合コン攻略講座～

| 單字核對

コンパ（學生等）平攤會費所辦的親睦會、聚會
必勝法 必勝方法　攻略講座 攻略講座

| 文句解析

「合コン・コンパ」必勝法
「聯誼、聚會」的必勝方法
合コン攻略講座 會議的攻略講座

3. 請問下面是什麼諮詢處呢？

| 單字核對

相談所 諮詢所　　～に関する 有關～
トラブル 苦惱、困難　　解決 解決

| 文句解析

浮気・不倫問題相談所
外遇、不倫問題的諮詢所
浮気・不倫に関するトラブルを解決します
解決有關外遇、不倫等的苦惱。

看圖回答問題

◆ 請將畫底線的部分翻成日文填入框框內。

1 看了**好幾遍**直輝傳來的郵件。

直輝が送ってくれたメールを

〔　　　　　　　　　　〕見る。

2 在房間裡**走來走去**。

部屋の中を〔　　　　　　　　　　　　　　〕。

3 回想在咖啡店裡**遇見**的直輝。

カフェで会った直輝を〔　　　　　　　　　　〕。

4 對直輝**深深著迷**。

直輝に〔　　　　　　　　　　〕。

5 **玩弄**手機。

携帯を〔　　　　　　　　　〕。

6 看著來信**偷笑**。

メールを見て〔　　　　　　　　　〕笑う。

7 一邊失望一邊**嘆氣**。

がっかりして〔　　　　　　　　　〕。

8 **搖搖頭**。

〔　　　　　　　　　　〕。

◆ 正解在P.250+251頁

23

今晚也會有個美夢吧

11:50 p.m. 就寢

期待著能有某種新開始的桐谷小梅，一邊聽著音樂，一邊整理一天的工作，然後慢慢地進入夢鄉。

好想聽古典音樂～

1 用電腦**播放**音樂CD。

明天好像也會很忙。

2 看行程表。

把明天要做的事**寫**下來吧！

3 **整理**明天的行程規畫。

奈緒美**上傳**照片在部落格上了耶！

4 發文回覆。

有某種奇怪的**聲音**耶！好恐怖！

5 確實把**門**鎖好。

換衣服吧！

6 穿**睡衣**。

明天6點30分要起床才行。

7 調**鬧鐘**。

好累喔！該睡了！

8 上床睡覺。

1

好想聽**古典音樂**～

用電腦**播放音樂**CD。

🔵 クラシック音楽が聞きたいな。 古典音樂

音樂的種類有 ジャズ—爵士、R&B（リズム・アンド・ブルース）、ロック—搖滾樂、ソウル—靈樂、ポップス（ポップ・ミュージック／ポピュラー音樂）—流行樂等。日本獨創的音樂有 演歌、J-POP、J-ROCK 等。

🔴 パソコンで音楽CDを再生する。

◆ 音楽をかける 打開音樂　　播放

2

明天**好像**也會很忙。

看**行程表**。

🔵 明日もまた忙しくなりそうだな。

　　　　好像還是很忙碌

🔴 スケジュール帳を見る。

　　　　行程表；行事曆

◆ 帳 帳簿、本子　日記帳 日記本　通帳 存摺

3

把**明天要做的事**寫下來吧!

整理明天的**行程**規畫。

🔵 明日やることを書いておこう。

　　　明天要做的事

～ておく 表示「（事先）做好…」的意思。
◆ 忙しくなるからしっかり食べておこう。
　　因為會變得很忙，所以要先吃飽。

🔴 明日の日程を整理する。 整理行程

4

奈緒美**上傳照片**在部落格上了耶!

發文回覆。

🔵 奈緒美がブログに写真を載せたわ。

　　　　　　上傳照片

🔴 レスをする。

　　　寫回應文

レス（response〔レスポンス〕應答、對答、對應）是指針對某一文章或報導，發表自己的意見或回應。

5

有某種奇怪的**聲音**耶！
好恐怖！

確實把**門鎖**好。

自 何か変な音がする！怖い。

發出（聲音）

「〜がする」是發生或感覺到某種狀態時，所使用的表現。
◆ 味がする（品嚐）出味道　匂いがする 散發出味道

動 しっかりと戸締まりをする。

鎖門、上鎖
◆ 鍵を掛ける 上鎖

6

換衣服吧！

穿**睡衣**。

自 着替えよう！

換衣服
◆ 着せる 幫忙穿上衣服

動 パジャマを着る。

睡衣
◆ 寝巻き 睡衣

7

明天6點30分**要起床**
才行。

調鬧鐘。

自 明日は6時30分に起きなきゃならない。

必須要起床
〜なきゃ 是〜なければ（如果不…）的略語。
◆ 今すぐ行かなきゃだめだよ。 現在不馬上去的話不行。

動 目覚まし時計をセットする。

調鬧鐘
◆ 腕時計 手錶　掛時計 掛鐘

8

好累喔！該睡了！

上床睡覺。

自 疲れた〜 もう寝よう。

疲勞、疲累

動 寝床につく。

上床（床位、床鋪）
◆ 掛け布団 蓋的棉被　敷き布団 墊的棉被（墊被）　枕 枕頭

お休み！いい夢見てね！

晚安！祝你有個美夢！

さあ、寝る時間よ。お休み！いい夢見てね。

來，是睡覺的時間了。晚安！祝你有個好夢！

◆ **夢を見る** 作夢（和中文不同，是以「看到夢」來表現。）

俯せる

趴著

私は俯せになって寝る癖がある。

我有趴著睡覺的習慣。

◆ **癖** 習慣、習性　**爪を噛む癖** 咬指甲的習慣

寝かす

哄～睡覺 (=寝かせる)

赤ちゃんを寝かして仕事をした。 把小孩哄睡之後去工作。

※也使用在把食物「發酵、存放」的意思上。

醤油をかけた肉を冷蔵庫で24時間寝かす。

將淋上醬油的肉放在冰箱存放24小時。

絵本を読んであげる

讀繪本故事給…聽

寝る前に絵本を読んであげようか。

睡覺之前要念繪本故事書給你聽嗎？

布団をかける

蓋被子

ちゃんと布団をかけて寝ないと風邪引くよ。 如果不蓋好被子，會感冒喔！

◆ **布団を敷く** 鋪棉被。

日記をつける

寫日記

寝る前にいつも日記をつけている。

在睡覺之前，都會寫日記。

耳栓

（防噪音、防水的）耳塞

隣の住人がうるさくていつも耳栓をして寝ている。

因為住在隔壁的人太吵了，所以總是戴著耳塞睡覺。

ぐっすり

熟睡的樣子

朝までぐっすり熟睡したい。 我想一直熟睡到早晨。

睡眠障害

睡眠障礙

快適な睡眠リズムを失ってしまう睡眠障害。

失去舒適睡眠節奏（品質）的睡眠障礙。

歯ぎしりをする

磨牙

5歳の息子が毎晩歯ぎしりをします。

五歲大的兒子每天晚上都會磨牙。

いびきをかく

打呼

おじさんが電車の中でいびきをかきながら寝ている。

大叔在電車裡一邊打呼一邊睡覺。

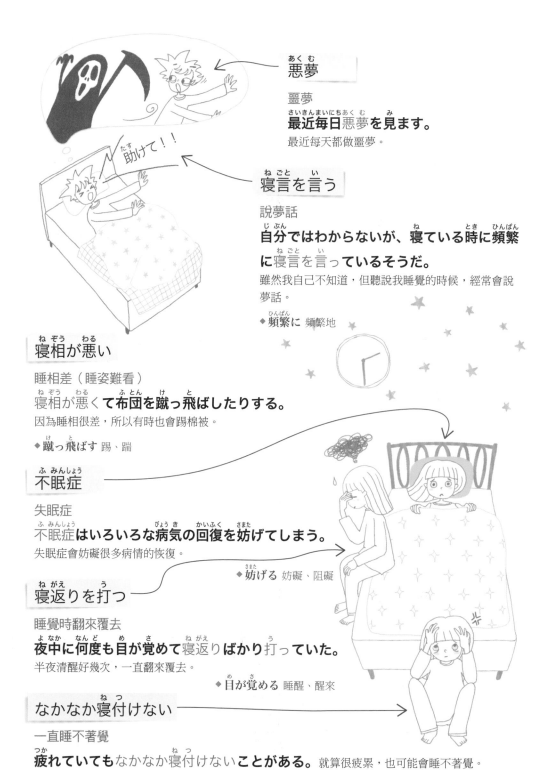

悪夢
あくむ

噩夢

最近毎日悪夢を見ます。
さいきんまいにちあくむ　み

最近每天都做噩夢。

助けて！！
たす

寝言を言う
ねごと　い

說夢話

自分ではわからないが、寝ている時に頻繁に寝言を言っているそうだ。
じぶん　　　　　　　　　　　　　ね　　　　とき　ひんぱん
ねごと　い

雖然我自己不知道，但聽說我睡覺的時候，經常會說夢話。

◆**頻繁に** 頻繁地
ひんぱん

寝相が悪い
ね ぞう　　わる

睡相差（睡姿難看）

寝相が悪くて布団を蹴っ飛ばしたりする。
ね ぞう　わる　　ふとん　け　と

因為睡相很差，所以有時也會踢棉被。

◆**蹴っ飛ばす** 踢、踹
け　と

不眠症
ふ みんしょう

失眠症

不眠症はいろいろな病気の回復を妨げてしまう。
ふ みんしょう　　　　　　　びょうき　かいふく　さまた

失眠症會妨礙很多病情的恢復。

◆**妨げる** 妨礙、阻礙
さまた

寝返りを打つ
ね がえ　　　う

睡覺時翻來覆去

夜中に何度も目が覚めて寝返りばかり打っていた。
よなか　なんど　め　さ　　ねがえ　　　　う

半夜清醒好幾次，一直翻來覆去。

◆**目が覚める** 睡醒、醒來
め　さ

なかなか寝付けない
ねつ

一直睡不著覺

疲れていてもなかなか寝付けないことがある。 就算很疲累，也可能會睡不著覺。
つか　　　　　　　　　　　ねつ

◆**寝付く** 睡著
ねつ

尋找隱藏在 ★生活裡的單字

1. 請問下面是有關什麼的問卷調查？

│ 單字核對

楽だ 快活、舒適　　声 聲音、心聲　　生まれる 出生
～に対する 對於～　　不満 不滿　　　実施 實施
徹底的に 徹底地　　こだわる 拘泥、固執、不妥協

│ 文句解析

パジャマは楽な方が良いよね 睡衣是能穿得舒適的比較好。

みんなの声から生まれたパジャマ！！ 符合大眾期待而誕生的睡衣！
パジャマに対するご不満のアンケートを実施しました 我們實施了對睡衣不滿的問卷調查。
結果をもとに徹底的にこだわってみましたぐゎっ
以調查結果為基礎，徹底地連細微的部分也試著費盡心思啊！

2. 請問下面是什麼廣告呢？

│ 單字核對

		│ 文句解析
目覚め 睡醒、清醒	すっきり 舒暢、輕鬆、整潔	大人気の健康敷き
健康 健康	きっと 一定	大受歡迎的健康床墊
見つかる 發現	敷き布団 鋪的被子（毯）	ムアツふとん 無壓棉被
ピッタリの 適合、相配	おすすめ 推薦	おすすめの敷き布団 推薦的墊毯

3. 請問下面的物品是用來做什麼的呢？

（3年日記）

（可記多年的日記本）

│ 單字核對

想い出 回憶　　日記帳 日記本
少しずつ 一點一點
書き留める （為了不忘記）
記下來、寫下來
大切な 重要的、珍貴的

│ 文句解析

將許多回憶寫在一本筆記上
您不想將您珍貴的每一天一
點一滴地記錄下來嗎？

Answer：1. パジャマ 睡衣　2. 布団 棉被　3. 日記をつける 寫日記

◆ 請將畫底線的部分翻成日文填入框框內。

1 用電腦**播放音樂**CD。

パソコンで音楽(おんがく)CDを

☐。

2 看**行程表**。

☐を見(み)る。

3 **整理**明天的**行程**規畫。

明日(あした)の ☐。

4 **發文**回覆。

☐。

5 確實把**門鎖好**。

しっかりと ☐。

6 穿**睡衣**。

☐を着(き)る。

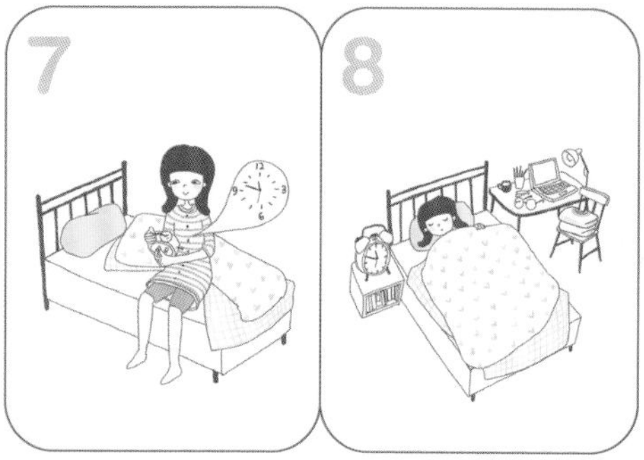

7 調**鬧鐘**。

☐。

8 上床睡覺。

☐。

◆ 正解在P.262+263頁

郵票黏貼處

台灣廣廈出版集團

235 新北市中和區中山路二段359巷7號2樓

2F, NO. 7, LANE 359, SEC. 2, CHUNG-SHAN RD., CHUNG-HO DIST.,

NEW TAIPEI CITY, TAIWAN, R.O.C.

 國際學村 編輯部　收

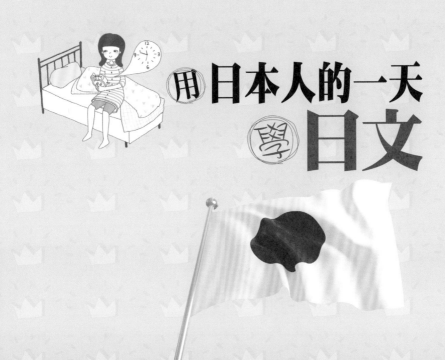

請沿虛線剪下

國家圖書館出版品預行編目資料

用日本人的一天學日文／田泰淑 著；呂欣穎 譯.
--初版.-- 新北市：國際學村，2011.12
　　面；　　公分

ISBN 978-986-6077-15-9（平裝）

1. 日文　2. 讀本

803.18　　　　　　　　　　　　　　100019348

メゾン・ラントゥメ

 臺灣廣廈出版集團
Taiwan Mansion Books Group

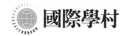 國際學村

用日本人的一天學日文

作者　田泰淑
譯者　呂欣穎
審定　小堀和彥、鄭乃彰
出版者　台灣廣廈出版集團
　　　　國際學村出版

發行人／社長　江媛珍
地址　23586新北市中和區中山路二段359巷7號2樓
電話　886-2-2225-5777
傳真　886-2-2225-8052
電子信箱　TaiwanMansion@booknews.com.tw
網址　http://www.booknews.com.tw
總編輯　伍峻宏
執行編輯　王文強
美術編輯　許芳莉
排版／製版／印刷／壓片／裝訂　菩薩蠻／東豪／弼聖／超群／明和
代理印務及圖書總經銷　知遠文化事業有限公司
地址　22203新北市深坑區北深路三段155巷25號5樓
訂書電話　886-2-2664-8800
訂書傳真　886-2-2664-0490
港澳地區經銷　和平圖書有限公司
地址　香港柴灣嘉業街12號百樂門大廈17樓
電話　852-2804-6687
傳真　852-2804-6409
出版日期　2013年3月再版3刷
郵撥帳號　18788328
郵撥戶名　台灣廣廈有聲圖書有限公司
（郵購4本以內外加50元郵資，5本以上外加100元）